晴明の娘
白狐姫、後宮に就職する

天野頌子

ポプラ文庫ピュアフル

JN229347

目次

登場人物紹介

◆安倍煌子《あべのあきこ》……晴明の娘。狐耳と尻尾、強大な妖力を持ち、白狐姫と恐れられる。ファザコン。

◆安倍晴明《あべのせいめい》……前天文博士で、都一と名高い陰陽師。娘に甘い。

◆清原宣子《きよはらののぶこ》……晴明の妻。厳しくも優しい。

◆安倍吉平《あべのよしひら》……晴明の長男。陰陽寮勤務。専門は占い。特技は横笛。

◆安倍吉昌《あべのよしまさ》……晴明の次男。陰陽寮勤務。専門は天文。青姫に憧れている。

◆葛の葉《くずのは》……晴明の母。信太森に棲む美しい妖狐。夫は人間の安倍保名（後に離別）。

◆菅公《かんこう》……煌子の式神。白いイタチのような姿の妖怪。焼き栗が好物。

◆常闇《とこやみ》……煌子の式神。鞍馬の大天狗。干し棗が好物。

◆渡辺綱《わたなべのつな》……源頼光に仕える武者で鬼の討伐隊に参加した。

◆藤原道長《ふじわらのみちなが》……煌子を慕う若い貴公子。父は右大臣藤原兼家、姉は梅壺女御。

◆紅式部《べにしきぶ》……煌子の友人。梅壺女御の女房。本名は典子《のりこ》。出世のための努力をおしまない野心家だが、霊感体質で憑依されがち。

◆青姫《あおひめ》……………煌子の友人。陰陽頭賀茂保憲（故人）の娘。
才媛の誉れが高く、特に和歌を好む。出不精。

◆黒姫《くろひめ》……………煌子の友人。大納言の遠縁の姫。
家族思いのおっとりした性格で、よく気絶する。

◆帝《みかど》………………兄の退位をうけ若くして即位。
亡き堀河中宮を忘れられないでいる。

◆藤原詮子《ふじわらのあきこ》………梅壺女御。右大臣藤原兼家の娘で皇子を出産。道長の姉。

◆藤原遵子《ふじわらののぶこ》………弘徽殿女御。関白藤原頼忠の娘。生き霊をとばしがち。

◆尊子内親王《たかこないしんのう》……先帝（冷泉院）の皇女で、賀茂斎院をつとめた後、入内。
別名に斎院女御、承香殿の宮。

◆中納言《ちゅうなごん》の命婦《みょうぶ》……尊子の女房。承香殿に局をもらっている。

◆藤原光昭《ふじわらのみつあき》………尊子内親王の母方の叔父。近衛少将。
父は摂政藤原伊尹（故人）。

◆藤原兼家《ふじわらのかねいえ》………右大臣。長女の超子を先帝に、次女の詮子を今上帝に
入内させている。道長の父。姉の安子が帝の生母。

◆藤原兼通《ふじわらのかねみち》………前の関白。兄の伊尹、弟の兼家との不仲が有名。

◆道満《どうまん》………………晴明の宿敵。陰陽寮に所属しない民間の法師陰陽師。

晴明の娘

白狐姫、後宮に就職する

Daughter of Seimei
By Syoko Amano

第一話　それは物詣からはじまった

一

京《きょう》の都を、ぶあついねずみ色の雲がおおっている。

雪がちらつきはじめたので、いつも松の枝にとまっているカラスたちも、屋根の下に移動した。

内裏《だいり》からもどってきた陰陽《おんみょうじ》師安倍晴明《あべのせいめい》は、いつになく困惑した表情で牛車《ぎっしゃ》からおりる。

「おかえりなさい、お父様」

娘の煌子《あきこ》が、几帳《きちょう》のかげからひょっこりと顔をだした。

牛車の音を聞きつけて、大好きな父を出迎えようと待ちかまえていたのだ。

煌子は寒さをしのぐために、単《ひとえ》の上に何枚もの袿《うちき》を重ねているが、その動きはあくまでかろやかである。

「帝《みかど》から直々《じきじき》のお召しって、いったい何の用だったの？　占い？　禊祓《みそぎはらえ》？」

煌子は興味津々で、晴明にまとわりついた。

すっかり髪も長くのび、見た目は立派な姫君だが、こういうところは子供の頃のままである。

「これ、煌子。大切なお役目の内容を、軽々しくあなたに話せるはずがないでしょう」

「はーい」

母の宣子《のぶこ》にたしなめられ、煌子は残念そうな顔をした。

「よいのだ。いや、むしろ、そなたたちの意見を聞きたい」

晴明は微笑んだ。

「わたしたちの？」

煌子は首をかしげる。

「まさか、吉平《よしひら》のことで、帝からお咎《とが》めがあったのですか？」

宣子は青ざめた。

吉平というのは、晴明と宣子の長男で、陰陽寮につとめる若き陰陽師である。

「いや、そうではない」

晴明は官人の正装である束帯姿《そくたい》のまま腰をおろすと、表情をあらためた。

「帝より、煌子を出仕《しゅつし》させせよとの仰《おお》せがあった」

晴明は重々しく言ったが、宣子も煌子もまったく驚かない。

それどころか宣子はため息をつく始末だ。

「またですか？　困りましたわね。一昨年《おととし》、たいそう美しいと評判の前の賀茂斎院《かものさいいん》さまを後宮に迎えられたと聞いていたので、もう煌子のことはすっかりお忘れになったと安心しておりましたのに」

煌子は祖母の葛《くず》の葉譲《は》りのきわだった美貌をうけついでおり、これまでも何度も宮《みや》仕《づか》えの打診があった。

最初は五節《ごせち》の舞姫《まいひめ》をつとめた時で、二回目は清涼《せいりようでん》殿まで弘徽殿《こきでんのにょうご》女御の生き霊《いりよう》をおくりとどけた時である。

並の下級貴族であれば、帝より娘の宮仕えを求められれば、大喜びでとびつくものだ。

運良く帝の寵愛《ちょうあい》をうければ、本人はもちろん、一族の繁栄にもつながる。

しかし、安倍家には煌子を宮仕えにだせない深刻な事情があった。

「わたしは宮仕えしてもかまわないけど。どうせ毎日、邸《やしき》の中でごろごろしているだけだし」

「煌子、そんなことはまず、その三角の耳をしまってからおっしゃい」

宣子にぴしゃりと言われ、煌子は慌てて自分の頭に手をあてた。

フサフサの毛がはえた、三角の白い耳をさわる。

「あ、今日はまだ化けてなかったわ」

父方の祖母である葛の葉は白狐で、煌子は美貌だけでなく、耳と尻尾と強大な妖力を受け継いだのだ。

父の晴明や兄の吉平、吉昌《よしまさ》にはあらわれなかった妖狐の特徴が、なぜ煌子にだけ出現したのかは謎である。

もしかしたら、女の子にだけ受けつがれる特徴なのかもしれない。

「エイッ」

かけ声とともに、煌子は狐の耳を人間の耳に変化させた。

耳の場所も頭の上から両側に移動する。

尻尾はいつも袴《はかま》の中にしまっているので人目につくことはないのだが、耳はそうはいかないので面倒だ。

「宮中で狐の耳をうっかりだしたりしたら大変なことになります。そもそも、このそこつな娘に典侍《ないしのすけ》や女房《にょうぼう》などがつとまるはずありませんわ。このたびも丁重に辞退申し上げてくださいませ」

「それが今回は典侍や女房ではない。東豎子《あずまわらわ》として宮中に出仕させよとのご意向だ」

「東豎子ですって!?」

宣子は驚いて目を見開いた。

「東豎子ってなに?」

煌子がきょとんとした表情で尋ねる。

「女官《にょかん》でありながら、帝の行幸《ぎょうこう》に際して、男のように指貫《さしぬき》をはいて太刀《たち》を持ち、馬に乗って参列する者のことです」

「へぇ、東豎子か。すごく格好いいし、煌子にぴったりですね。さすが帝、お目が高い。官位もいただけるかもしれないぞ」

おもしろそうに見物していた吉平が口をはさんだ。

吉平はここのところ出仕していないので、狩衣《かりぎぬ》姿である。

実は吉平は、よりによって先輩陰陽師の妻と不適切な関係を結んでいたことが発覚し、処分が確定するまで自宅謹慎を命じられたのだ。

両親、とくに母の宣子はひどく衝撃をうけて寝込んだほどだったのだが、吉平本人はたいして反省する様子もみせず、煌子と双六《すごろく》をしたり、得意の横笛を吹いたりして、休暇を謳歌《おうか》している。

「そんな格好いいお役目なら、やってみたいわ！」

煌子は身をのりだした。

「そもそもあなたは馬に乗れないでしょう」

宣子がピシャリと却下する。

「ちょっと練習すれば何とかなるわよ」

煌子は自信満々だ。

さすが妖狐の血をひくだけあって、おそろしく身軽で、牛の背に立つのも平気なくらいである。

「帝は前々から円融寺《えんゆうじ》へ行幸のご意向があるとうけたまわっておりますが、その際に煌子を随行させるおつもりでしょうか？　まだ日時を勘申《かんじん》せよとの正式な詔《みことのり》は、陰陽寮にくだっておりませぬが」

次男の吉昌の問いに、晴明は首を横にふった。

陰陽寮でおもに卜占《ぼくせん》を学んでいる吉平とちがい、吉昌は天文を学んでいる。数年前まで天文博士をつとめていた父、晴明の影響だ。

性格も吉平とちがい、実直で生真面目である。

「いや、そういうことではないようだが、とにかく一度、煌子と直接話がしたいから参内《さんだい》させよとの仰せであった。どうも先日、那智《なち》の天狗《てんぐ》を追い払った話が、帝のお耳に入ったようだ」

「すっかり噂になっているようですからね」

吉平はプッとふきだす。

「ああ、もう、こんなことなら物詣《ものもうで》になど行かせるのではなかったわ」

宣子は頭を抱えた。

「だってあの時は紅式部《べにしきぶ》が、最近、宮中はギスギスしていてすごく疲れる、せめて物詣で憂《う》さ晴《ば》らしでもしないとやってられないわって言うから、どうせならみんなで行きましょうっていうことになって……」

煌子はごにょごにょと言い訳をしながら、大きな袖で顔をかくした。

二

あれは十日ほど前、立春をむかえたばかりの頃だった。

雲の切れ目からあわい色の青空がのぞき、雪をかぶった木立からは、土と緑のにおいがする。

平安京《へいあんきょう》から平城京《へいじょうきょう》方面にぬける山道を、女性用のはなやかな牛車がゆったりとすすんでいた。

両側からは枝葉が重くたれ下がり、後ろには随身の騎馬武者《きばむしゃ》や、徒歩で荷物を運ぶ従者たちの列が二十名ほど続いている。

一行の目的地は奈良《なら》の長谷寺《はせでら》だ。

「このあたりはずいぶん山深いのね」

煌子は物珍しそうな様子で、牛車の小窓から外をのぞく。

物詣なので、首から懸守《かけまもり》というお守りの袋をさげている。

「平城山《ならやま》ですわ。もしかして、奈良は初めて？」

煌子に尋ねたのは、梅壺 女 御《うめつぼのにょうご》づきの女房をしている紅式部だ。

煌子にだけあかした本名は典子《のりこ》。

父親は何度も受領《ずりょう》に任命されたことがある裕福な貴族で、今日もひときわ豪奢《ごうしゃ》な装束を身につけている。

やはり首からさげているのは、懸守だ。

紅式部は、かつて五節の舞姫をともにつとめた四人で物詣、つまり寺社への参詣にいこうと発案した本人でもある。

気軽に外出することもままならぬ貴族の姫君たちだが、寺社への参詣だけは公認されており、数少ない気晴らしの手段であった。

今回の物詣に使っている牛車も紅式部の父のものだが、安倍家の網代車《あじろぐるま》にくらべ、内装も外装もはなやかだ。

「わたし、遠出といえば大江山《おおえやま》くらいしか行ったことがなくて」

「大江山……」

煌子の答えに、同乗している紅式部、青姫《あおひめ》、黒姫《くろひめ》は思わず顔を見合わせた。

なにせこの三人と煌子は、五節の舞姫仲間であると同時に、ともにさらわれて酒呑《しゅてん》童子《どうじ》の大江山へ連れていかれた恐怖体験仲間なのである。

「あれは、わたくしたちが内裏の常寧殿《じょうねいでん》で最初の試舞にのぞんでいた時でしたわね。帝の御前で舞っていたら、突然、小鬼たちがいっせいに押しよせて来て、応戦むなしく大江山まで連れていかれてしまったのでしたわ」

青姫は扇で顔をかくしながら、眉根をよせた。

その頃の陰陽道第一人者だった賀茂保憲《かものやすのり》の娘である青姫は、とっさに呪文で小鬼たちを封じようとしたのだが、とにかく数が多すぎで間に合わなかったのだ。

数年前に保憲は亡くなったが、兄の光栄《みつよし》と光国《みつくに》は父のあとをついで、着々と陰陽寮で出世している。

青姫自身も才媛のほまれが高く、煌子の次兄、吉昌のあこがれの姫君でもある。

「今でもたまに、縄で縛られて閉じ込められた、真っ暗で寒いお寺の夢を見ます。あの時は、陰陽道の心得がある青姫さまと白姫《しろひめ》さまがいてくだって、本当に心強かったですわ」

黒姫は感謝のこもったまなざしで、青姫と煌子にほほえみかけた。

白姫というのは、煌子の通称である。

一番年下の黒姫は、古寺でずっと泣きながら震えていた。

舞姫をつとめた後、念願かなって受領を拝命した父親とともに、四年間を任地の伊《い》賀《が》ですごしたのだが、その間、すっかり染色が趣味になったらしい。今日着ている少しずつ濃さがちがう黄色系の五枚の袿と緑《あお》の単《ひとえ》は、すべて自分で染めて縫ったのだという。

「伊賀では紅花が特産品なので、紅《くれない》や黄色の袿をたくさん作りましたの。今度みなさまにもおわけしますね」

黒姫は楽しそうに言った。

今回は長谷寺の観音さまに、良縁を祈願するつもりらしい。

ひとりだけ肩に懸帯《かけおび》をまいており、物詣への意気ごみがあらわれている。

「わたくしは特に何もしておりません。酒呑童子を倒して、わたくしたちを助けだしてくれたのは、武者の渡辺《わたなべの》綱《つな》ですわ」

青姫は珍しく、少し照れたように、目をそらす。

「綱なら、今日もわたしたちの護衛についてくれてますよ」

　ほら、と、煌子は牛車の後ろ簾《すだれ》をあげた。

「でしたらまた鬼にさらわれても安心ですわね。聞いたところによると、綱は、酒呑童子からとりあげた太刀を持っているのでしょう?」

　紅式部はさっと扇《おうぎ》で鼻から下を隠して、牛車の後方をのぞきこむ。

「まあ、紅式部さま、そんな怖いことを言わないでください」

「まったくですわ。言霊《ことだま》をご存じありませんの?」

　黒姫と青姫も、やはり扇で顔を隠しながら後方を見るので、煌子は急いで真似をした。

　姫君たるもの、つねに顔を隠しておくべきなのだが、そこつ者の煌子はつい忘れてしまうのだ。

「言霊って?」

　紅式部が青姫に尋ねる。

「万葉集の時代の人たちの考え方で、言葉のもつ霊力が出来事を引き寄せるということですわ」

青姫は重々しく告げた。

「あらあら、青姫さまの心は早くも万葉集でいっぱいですのね。でも、大江山からこんなに遠くはなれた場所に鬼がでるなんて、ありえませんわよ。それで、どの武者が綱でしたかしら」

いつも前向きで積極的な紅式部は、好奇心いっぱいの眼差しを牛車の後ろにむけた。

後方につき従っている騎馬武者は五名。

みな弓を背負い、太刀をはいている。

長谷寺は特に女性に人気のある物詣先で、初瀬《はせ》詣《もうで》ともよばれているが、道中、追《お》い剝《は》ぎがしばしば出没するので、護衛の武者を頼んだのだ。

「あの真ん中の、ひときわ背の高い武者が綱です」

煌子が言うと、紅式部は身をのりだすようにして綱を見た。

「そう言われればあんな顔でしたかしら？　なにせあの古寺は真っ暗でしたから……。あら？」

紅式部が首をかしげた。

「ええと、あれは……わたくしの見間違いかしら。ちょっと……」

紅式部は目を袖口でごしごしこすった。

袖口に白粉《おしろい》がついてしまう。

紅式部がこんな姫君らしからぬ振る舞いをするのは珍しい。

「何が見えましたの？」

前列に座っている青姫が、けげんそうな顔で、後方をのぞきこんだ。

「えっ!?」

青姫の顔色がかわる。

「青姫さままでどうなさ……あっ！」

煌子も目を大きく見開いた。

雲間から、大きな黒い翼を広げた男たちが、牛車めざして急降下してくる。

修験者《しゅげんじゃ》のような衣服だが、真っ黒だ。

顔にはカラスのような長く鋭い嘴。

「天狗だわ!!」

煌子と青姫が声をあげた。

三

黒姫が、キャーッ、と、悲鳴をあげる。

武者たちも天狗に気づき、一斉に弓を射かけた。

「全速力で逃げて!」

青姫が牛飼童《うしかいわらわ》に命じる。

鞭《むち》をあてられた牛は驚いて走りだしたが、あっという間に天狗たちに追いつかれてしまう。

煌子は応戦しようにも、何も武器を持っていない。

以前使っていた大天狗の羽団扇《はうちわ》は、法師陰陽師の道満《どうまん》に奪われてしまった。

かといって人前で狐火をうつわけにもいかない。

ましてや式神《しきがみ》の常闇《とこやみ》をよべるはずもない。

一瞬のためらいが隙をつくる。

天狗たちに牛車を取り囲まれたかと思うと、いきなり、ぐらりと車体が傾いた。

今度は四人全員で悲鳴をあげる。

天狗たちは大胆にも、牛車をまるごと空中に持ち上げようとしたのだ。

驚いた牛は暴れ、もがく。

しかし牛の重さに耐えられず、車体の両側についた二本の轅《ながえ》がボキリと折れてしまう。

その瞬間、四人をのせた牛車は、フワッと空中にうかびあがった。

「姫ーッ！」

綱が馬をはねさせ、車輪をつかもうと右手を伸ばしたが、かすりもしない。

牛のいない牛車は、あれよあれよという間に、空高くまで運び上げられてしまう。

武器をもたない従者たちは、牛も荷物もほうりだし、山中へ逃げこんでいく。

武者たちは矢を射続けているが、もはや届く距離ではない。

「しっかりつかまっていて！」

煌子は懸守の中から晴明の呪符《じゅふ》を一枚とりだすと、九字《くじ》を切った。

「安倍晴明の娘、煌子が十二神将《じゅうにしんしょう》の名において命ず！　悪しき者どもの動きを封ぜよ！　急々如律令《きゅうきゅうにょりつりょう》！」

煌子は天狗たちめがけて呪符を投げつける。

「ギャッ！」

効果てきめん、天狗たちは動きを封印され、翼も動かなくなった。

煌子が満足げな笑みをうかべた次の瞬間。

動けなくなった天狗たちの手をはなれた牛車は、いきなり落下しはじめたのである。

「キャーッ!!」

紅式部と黒姫が抱き合って悲鳴をあげた。

「すぐに解呪を！」

青姫が鋭い声で指示するが、煌子は自分の呪文を取り消したことなどないので、とっさに思いだせない。

「か、解呪……って、どうやるんだっけ……？」

ついに牛車は木立の一番上の枝にぶつかり、ザザザッと音をたて、雪をはねあげた。

落下速度はわずかに遅くなったが、地面に墜落するのは間違いないだろう。

もはや一瞬の猶予《ゆうよ》もない。

「常闇！　助けて！」

煌子は大声で式神をよぶ。

煌子の胸元から白く細長いものがぬけだし、牛車の外に小さな身体をおどらせた。

「常闇！　ここだ！」

白いイタチのようなかわいらしい姿の小さな式神、菅公《かんこう》が叫ぶ。

青姫までが悲鳴をあげる中、地面までもう子供の背丈ほどしかないという位置で、ようやく牛車の落下は止まった。

美しい黒い翼の大天狗、常闇が牛車をささえている。

反対側をささえているのは綱だ。

「重い……ッ」

常闇が低くつややかな声でうめく。

「ありがとう！」

煌子は軽やかな身のこなしで、雪をかぶった地面にとびおりた。

あとの三人の姫君はみな、牛車の中で気を失っているようだ。

「牛車はそのままそっと地面におろして。そっとよ」

常闇と綱に言うと、煌子は木立の合間から空を見上げた。

四

封印がとけた天狗たちは、上空を旋回《せんかい》しながら飛んでいる。

煌子たちをさがしているのだろう。

「常闇、あの黒ずくめの連中もおまえの仲間なの？」

「違う。あんな田舎者どもをおれたち鞍馬《くらま》の天狗と一緒にするな。あれは都から遠くはなれた那智の天狗たちだ。街道を通る牛車を相手に、山賊行為をはたらいているのだろう」

「なるほどね」

「ざっと見たところ、黒天狗の数は二十ほどでした。地上ならいざしらず、弓がとどかぬほどの高さを飛ばれるとどうにもなりませぬ。いったん都にひいて頼光さまに報告し、あらためて討伐《とうばつ》隊をだしてもらうしかないかと」

牛車が倒れぬように手をそえたまま、綱が言った。

綱は都でも名の通った武者なのだが、危ういところを二度も助けてもらったことがあるので、煌子に忠誠を誓っているのだ。

「都に戻るのは賛成だが、この重い牛車をかついで逃げるのは難しいな。こいつらは見捨てるか？」

煌子の肩にのぼった菅公が、桜色の鼻をピクピクさせながら言う。

「だめ。絶対にみんなを守る」

煌子はきっぱりと言い切った。

「そう言うと思ったよ」

菅公が、やれやれ、と、ため息をついた時、遠くから馬蹄《ばてい》の音が近づいてきた。

「綱！　どこだ⁉　姫君たちはご無事か⁉」

木立がじゃまで姿は見えないが、綱とはぐれた武者たちのようだ。

「こちらです！　お助けくださいませ！」

煌子は精一杯かわいい声をつくって叫ぶと、綱にむかってニヤリと笑った。

「今の人がここに来るまで、少しだけ一人で牛車をささえておいて」

「は？」

「晴明の娘に手をだしたことを、あいつらに後悔させてやるわ。常闇！」

煌子が手をのばすと、常闇は大きな黒い翼をひろげ、主人を抱えて飛び上がった。

「いくわよ！」

煌子は全身の妖力を解放する。

長い髪は銀に、いきいきとした瞳は金に輝き、ふさふさの耳は三角だ。

上空を旋回していた黒い天狗たちが、常闇と煌子の姿に気づいて集まってきた。

「鞍馬の大天狗だ！」

「なぜ大天狗がここに⁉」

「あの妖狐の娘は何者だ⁉」

「鞍馬の大天狗は人間の小娘に羽団扇を奪われ、式神になりさがったのではなかったのか？」

那智の天狗たちの間では、常闇の方が有名らしい。

「那智の黒天狗たち、前《さき》の天文博士、安倍晴明の娘が命じる。生命が惜しければ、今すぐ那智に戻れ！」

煌子は朱い唇に、ひややかな笑みをきざむ。

「晴明の娘……？　このすさまじい妖力、さては悪名高き白狐《しろぎつね》姫《ひめ》か!?」

黒天狗たちがようやく妖狐の正体に気づいた時、すでに煌子の右手には大きな青白い炎の塊が燃えさかっていた。

「その通り！」

答えながら、煌子は巨大な狐火を黒天狗たちめがけて打ちこんだ。

「ウワアアアァ」

「ギャアアアアアッ」

悲鳴をあげながら逃げまどう黒天狗たちめがけて、煌子は次々に狐火を打ちこんでいく。

何人かは落下していったが、ほとんどの黒天狗たちは南西の方角めざして一斉に逃げていった。

「二度と来るな！」

煌子は小さくなった黒天狗たちの後ろ姿にむかって悪態をつくと、すっきりした様子で満面の笑みをうかべたのであった。

五

常闇が牛車から少しはなれた場所に着地すると、煌子は黒髪に黒い瞳の姫君の姿にもどり、懐から干し棗《なつめ》をとりだした。

「ありがとう、常闇。菅公は甘栗ね」

式神たちをねぎらうと、自分でも甘栗をひとかけら口にほうりこむ。

もらうものをもらった常闇はカラスになって飛び立ち、菅公は煌子の胸元にするりと入った。

煌子は小袿《こうちき》を引きずりながら、牛車めざしてよろよろと歩きはじめる。

「お助けくださいませ……」

精一杯、か弱い姫っぽく叫ぶと、騎馬武者がかけつけてきた。

「牛車から一人だけころげ落ちてしまって……イタ……」

煌子はしらじらしい演技で、痛くもない足をおさえてみせる。

「お怪我はありませんか!?　牛車までお連れしましょう」

「ありがとうございます」

煌子はちゃっかりと馬に乗せてもらい、こわれた牛車まで連れていってもらった。

綱は煌子の言いつけ通り、他の武者三名とともに、牛車が倒れないようにささえている。

「みなさまは大丈夫かしら？」

煌子が牛車の前簾を半分ほどあげて、中をのぞくと、青姫がゆっくりと身体をおこした。

紅式部と黒姫は牛車の畳に倒れ伏している。

「青姫さま、気がついた？　どこも痛くない？」

「ええ……。わたくしは途中までしか記憶がないのだけれど、墜落はまぬがれましたの？」

青姫は自分の身体を確認するように、あちこちさわりながら尋ねた。

「ええと、落ちる直前に解呪が間に合ったの。怖い思いをさせてごめんなさい」

「生きた心地がしませんでしたわ。でも助けてくれてありがとう」

「紅式部さまと黒姫さまは？」

煌子が声をかけると、紅式部も目をひらいた。

本当はとっくに気がついていたのかもしれない。

「天狗は？」

「もういないわ」

「そう、よかった」

大きく息を吐くと、紅式部もむくりとおきあがった。

死んだふりをして、のりきるつもりだったのだろうか。

「それで今、ここはどのあたりかしら？」

紅式部は、煌子の肩越しに、あたりの様子を確認しようとした。

「まわりじゅう木ばっかりですわね……って、えっ、牛がいませんわ！　しかも轅が
ボッキリ折れてる！　どういうこと!?」

驚いた紅式部が急に前の方へ移動したため、武者たちがささえていた車体は水平を
失い、ぐらりと傾いてしまった。

もともと牛車には、車輪が二つしかついていないので、とても不安定なのである。

「あっ！」

牛車から落ちかけた紅式部を受け止めようと、煌子は両腕をのばす。

だが紅式部の身体、というよりも装束の重さに負けて、二人でドサリと雪の上に倒れこんでしまった。

ザザザザッ、と、青姫と黒姫も牛車からころがりおちてしまう。

「イタ……」

三人の下敷きになってしまった煌子がうめき声をあげる。

「すみません、姫様がた、大事ありませんか!?」

綱たちが慌てて三人にかけよってきた。

綱が黒姫を、もう一人の武者が青姫を助けおこし、紅式部は自力でおきあがった。

「えっ、ここは……？」

今の転落でようやく意識をとりもどした黒姫は、自分が綱に助け起こされているのに気づいて、あわてて袖で顔をかくす。

「あっ、あの、ええと……」

真っ赤な顔でうつむく。

「お怪我はありませんか？」

「だ、だいじょうぶ、です」

綱の問いに、黒姫が小さい声で答えた。

「こんなひどい目にあったのは、人生で二度目ですわ。鬼の次は天狗だなんて。美しいわたくしたちがそろうと、さらわれる運命なのかしら」

紅式部が本気とも冗談ともつかぬ愚痴をこぼしながら、なかば雪にうもれている煌子の上からどいて、手をのばした。

「痛い？　おきられるかしら？」

「全身、痛いところだらけだけど、怪我はないわ。ありがとう」

煌子はゆっくりと身体をおこした。

「こんなに全身雪まみれになったのは、子供の頃以来かも。いっそ雪あそびでもする？」

頭をプルプルと左右にふり、両手で雪をはらい落とす。

「物詣になど来るのではありませんでしたわ。やはり邸で静かに書物を読んでいるのが一番ですわね」

青姫が暗い声でボソリとこぼした。

「あら、わたくしは都の中にある清水寺《きよみずでら》か伏見《ふしみ》稲荷大社《いなりたいしゃ》でもよかったのに、奈良の長谷寺なら行ってもいいって言ったのは青姫さまでしてよ？」

今回の物詣を提案した紅式部が、唇をとがらせる。

「それはだって、三笠《みかさのやま》山にいでし月や、百済野《くだらの》の萩の古枝や、巨勢山《こせやま》のつらつら椿を自分の目で見たいと思われませんか、って、紅式部さまが文をくださったから」

青姫と紅式部が責任をなすりつけあう。

「まあまあ、二人とも落ち着いて……」

煌子が二人をとりなそうとする。

「そもそもこんなことになったのは、白姫さまのせいですわ」

「えっ？」

紅式部からいきなり矛先《ほこさき》をむけられて、煌子は慌てる。

「占いでちゃんと吉日《きちじつ》を選んでくれたんじゃありませんでしたの？」

「間違いなく今日は吉日よ！　だからこそこうして、天狗にさらわれることなく、無事にすんでるんじゃない」

晴明の娘としての沽券《こけん》に関わる非難めいた問いに、煌子はついムキになった。

「牛車は無事じゃありませんけど」

「たしかに……」

「それで、これからどうします？　ぬかるんだ道を長谷寺まで歩いていくのも難しいですけど、さりとて、都へ戻るのも無理ですわ」

青姫が冷静に現在の状況を指摘する。

「そうですわね……」

四人がとほうにくれて顔を見合わせた時。

「おーい、みんな、無事か!?　姫様は!?」

「あの声、うちの牛飼童ですわ！　ここにいるわよ！」

紅式部が大声で答え、手をふった。

「おお、姫様！　助けをお連れしましたぞ！」

「助け？」

「たまたま右大臣《うだいじん》家の方が通りかかられたので、事情をお話ししたら、お助けくださるとのことです」

「右大臣家って、まさか……」

煌子の眉がわずかにくもる。

「おお、姫！　このようなところでお目にかかれるとは、まさに春日社《かすがしや》のお導き！」

馬を駆り、煌子めざして一直線に向かってきたのは、右大臣藤原《ふじわらの》 兼家《かねいえ》の息子、道《みち》長《なが》だった。

まだうら若いこの貴公子は、かれこれ二年間近く、煌子に求婚し続けているのだ。

「道長さま？　なぜこちらに？」

面倒臭いのが来たな、と、煌子の顔に書かれているのだが、そんなことにひるむ道長ではない。

「たまたま春日社へむかっていたら、そちらの牛飼童が、天狗に襲われたと助けを求めてきたのです。わが姉、梅壺女御さまの女房の牛車と聞いてかけつけてまいりましたが、姫もおられたのですね！　やはりまろと姫は前世からの深いご縁で結ばれているのでしょう」

「こちらが梅壺女御さまの女房、紅式部です」

道長が恋歌を詠みそうないきおいだったので、煌子は強引に話をさえぎって紅式部を紹介した。

「おお、たしかに、姉上が東三条殿《ひがしさんじょうどの》南院に里帰りされていた時に、そなたも見かけたことがある。無事で何よりだ」

「ありがとうございます」

紅式部はとまどいながら礼を言う。

「道長さまと知り合いなの？」

小声で煌子に尋ねる。

「ほら、梅壺女御さまのお産の時、わたしもお手伝いに行ったじゃない？　あの時に道長さまもおられたのよ」

「そうだったかしら？　どうもあの夜のことはよく覚えていなくて」

紅式部は首をかしげた。

それもそのはず、あの夜、紅式部は弘徽殿女御の生き霊に取り憑かれて、大暴れしたのである。

もっとも、煌子と道長が知り合いなのは、そのしばらく前に、夜道で妖怪釣瓶落《つるべお》としに襲われていた道長を煌子が助けたからだ。

父、晴明の仕事を助けるためにはじめた深夜の妖怪討伐だが、今や煌子は、都の妖怪の大半を従え、怖れられる存在となっている。

「して、姫たちをさらおうとした天狗たちは？」

「もうおりませんわ。そちらの……」

綱たちが追いはらってくれました、と、煌子は言うつもりだった。

しかし。

「天狗たちは白姫さまが陰陽道の呪文で退治してくれました」

あっさりと紅式部が答えてしまう。

「あ、いえ、綱たちが……」

「そうでしたか！　さすがは晴明の娘！　いつもながらお見事ですね！」

道長はぱあっと満面の笑みをたたえた。

「いつもながら、とは？」

紅式部が尋ねる。

「まろも助けてもらったことがあるのです」

「道長さま、その話は」

「はっ、そうでした、二人だけの秘密でした！」

もう遅い。

「ふーん、そういうことですの」

「あらまあ」

「白姫さまもすみにおけませんわね」

友人たちからひやかしの言葉をかけられ、煌子はあわてて首を左右にふる。

「ちがいます、そういうことでは……！」

「帰りの道中でゆっくり聞かせてもらいましょうか」

道長が貸してくれた枇榔毛《びろうげ》の高級牛車にゆられながら、四人は都へ帰っていったのであった。

第二話　帝のお召し

一

梅のつぼみがほころぶ頃、帝の強い要望に負け、晴明にともなわれて煌子は内裏に参上した。

重袿《かさねうちき》を五枚、表着《うわぎ》の上にさらに唐衣《からぎぬ》をはおり、後ろに長くひきずる裳《も》をつけた正装姿だ。

久しぶりの正装は肩にずっしりと重いが、かつてこの姿にたくさんの髪飾りをつけて舞ったことを思えば、ただ歩くだけなどたいしたことではない。

内裏には数多くの殿舎《でんしゃ》が並んでいるが、一昨年の火災で多くが焼失し、昨年再建されたばかりなので、真新しい木材の清々しい匂いが満ちている。

広い庭の正面にたつ、ひときわ床の高い中国風の建物が、様々な儀式のおこなわれる紫宸殿《ししんでん》だ。

紫宸殿の北西にあるのが、帝が居住し、政務をとる清涼殿である。

煌子にとっては、三度目の清涼殿だ。

一度目は五節の舞姫として、きらめく灯火につつまれた。

二度目はその五年後、紅式部にとりついた弘徽殿女御の生き霊を身体にもどすために、暗がりにまぎれてこっそり忍び込んだ。

あの夜から一年半。

明るい陽光にてらされる清涼殿ははじめてである。

「久しぶりだな、晴明の娘。息災であったか」

御簾《みす》ごしに、若い帝の快活な声が聞こえた。

「はい」

久しぶり、と、言われ、煌子は恐縮して頭をさげた。

清涼殿に忍び込んだ煌子の顔を、帝はまだはっきり覚えているようだ。

もちろん煌子の方も、帝をよく覚えているが。

煌子より一歳年上の帝は、気品ある、だが闊達《かったつ》な青年だった。

なにより亡き堀河中宮《ほりかわのちゅうぐう》への想いの深さに心うたれたことは、強く印象に残っている。

「こちらへ」

帝は人ばらいを命じると、晴明と煌子を御簾の近くへよびよせた。

「晴明の娘よ、そなたに頼みたいのは、承香殿の妃宮《きさいのみや》のことだ。斎院女御と言った方がわかりやすいか？」

「斎院女御というと、前の賀茂斎院《かものさいいん》をつとめられた内親王《ないしんのう》さまですか？」

首をかしげている煌子にかわって、晴明が答えた。

賀茂社の斎院と伊勢神宮《いせじんぐう》の斎宮は、未婚の皇族女性から選ばれると決まっている。

現在の賀茂斎院は帝の妹で、伊勢斎宮は帝の姉。

そして前の賀茂斎院は、先帝の娘で、美少女のほまれが高い尊子《たかこ》内親王である。

「うむ。兄上がまだ帝位についておられた時、幼くして賀茂斎院に選ばれた六の姫だ。七年間斎院をつとめた後、十歳で退下《たいげ》したのだが、内親王でしかも前賀茂斎院ともなると、なかなか降嫁も難しい。そこで兄上よりご相談をうけ、一昨年、余の妃宮としてむかえたのだ。しかしたまたま宮が入内した直後に、内裏で火災があったため、妃《ひ》の宮をもじって、火の宮というひどいあだ名をつけられてしまった。その後も、なにかと嫌がらせを受けているようなのだ」

「ひどい……」

もともと帝には、二人の女御がいた。

ひとりは右大臣の娘で、紅式部がつかえている梅壺女御こと藤原詮子《あきこ》。

もうひとりは関白《かんぱく》の娘で、梅壺女御の出産に嫉妬し、生き霊をとばした、弘徽殿女御こと藤原遵子《のぶこ》。

帝の最愛の女性であった堀河中宮は三年前に亡くなったため、現在、中宮は空位となっている。

火の宮などというひどいあだ名をつけたのは、もちろん、他の二人の女御たちのどちらか、あるいは両方の関係者であろう。

「余が宮への嫌がらせをやめさせようとすると、かえってひどくなる有様なのだ。陰口をたたかれ、女房や女官をひきぬかれ、床下から呪詛《じゅそ》に使う人形《ひとがた》が見つかったことすらある」

「呪詛！」

煌子は息をのんだ。

陰口や嫌がらせだけではあきたらず、呪詛までされるとは、かなり悪質である。

「残っている女房たちもすっかり怖じ気づいて、承香殿への出仕をしぶるありさまだ」

「そんな……」

「かなうことなら、晴明にこそ後宮に常駐し、宮を守ってほしいものだが、そうもいかぬ。しかし聞いたところによると、晴明の娘には陰陽道の心得がある上に、武術にもすぐれ、数多《あまた》の凶悪な天狗どもをも追い払ったとか」

「もちろんです、わたしは安倍晴明の娘ですから」

煌子はここぞとばかりに胸をはった。

いったいどこで武術にすぐれているという尾ひれがついたのかはわからないが、狐火での戦闘は得意である。

隣にいる晴明は、照れたような、心配なような、複雑な表情だ。

「そば近くについて宮を守れるのは、陰陽道に通じ、機知に富んだそなたしかおらぬのだ。ひきうけてくれるか？」

「わかりました。全力でつとめさせていただきます」

煌子は力強くうけおった。

二

邸にもどった晴明と煌子から話を聞いて、宣子は仰天した。

「東豎子をひきうけてしまったんですか！」

「だって、宮さまを守れるのはわたしだけだって、帝が直々に仰せになったんですもの。断れないわ」

重い唐衣と裳を脱ぎながら、煌子は答えた。

「そうは言っても、宮さまをそば近くでお守りするとなると、内裏の局《つぼね》に住み込みでしょう？　寝ぼけて、耳や尻尾をだしているところを人に見られたらどうするんです。大騒動ですよ？」

「いや、いきなり住み込みの警護役は難しいということで、我が家から通わせていただくことにした」

晴明がなだめるように言う。

「通いですか。それならば、まあ……。いえ、でも、若く美しい女君《おんなぎみ》を見ると、すぐによからぬ振る舞いにおよぶ公達《きんだち》もいますし、やはり宮仕えは危険です」

宮仕えの経験がある宣子は、憤然として反対した。

「晴明の娘はおそろしく強いから、うかつなことをするとすぐに腕をへしおられると噂をながしておきますよ」

吉平がいたずらっぽい笑みをうかべる。

「吉平は謹慎中でしょう」

「そのことだが、吉平も明日より陰陽寮に出仕して、呪詛にそなえよとのことだ」

「本当ですか!?」

本人以上に喜んだのは宣子だ。

「謹慎中、十分反省しただろうから、もうよいとのことだ。蔵人頭《くろうどのとう》を通して陰陽寮に手を回してくださったらしい」

つまり交換条件である。

「いやはや、一年間はのんびりする予定だったのだが、持つべきものは頼りになる妹だな」

「お兄様が優秀な若手だからよ」

煌子はにこりと微笑んだ。

「ね、お母様、いいでしょう？　何かあったらすぐにお父様に知らせられるよう、常闇と菅公も連れて行くわ」

「あなたの式神の天狗とイタチですか」

宣子は顔をしかめる。かわいい菅公はともかく、常闇は苦手なのだ。

「そう。とても頼りになるのよ」

「それはそうでしょうけど」

「そもそも宮さまがお気の毒だと思わない？　あだ名に陰口に呪詛よ。どうしてそんなに意地悪されているのかはよくわからないけど」

「美しい方というのは、それだけでとても妬まれるものですよ」

「そうなの？　じゃあわたしも妬まれるかしら？」

冗談半分で煌子は言ったのだが。

「わかっているなら、ばかな真似はおよし」

ひややかな声とともに、庭から邸内にむかって寒風がビュゥゥゥと吹きこんできた。

火鉢からは灰がまいあがり、簾も几帳もふきとばされる。

「この風はもしや……!?」

吉平はとっさに両手で烏帽子《えぼし》を押さえた。

「伏せよ！」

晴明は両手で宣子と煌子をかかえこむ。

ようやく風がおさまると、美貌の妖狐、葛の葉が邸内に立っていた。

長い白銀の髪に、三角の耳。ふさふさの尻尾は九本もある。

「お祖母様……!?」

「煌子が内裏に召しだされそうだと聞いて、急ぎ信太森《しのだのもり》より来てみれば、もう出仕を受けたと言うのか！　まったくあきれた娘じゃ」

葛の葉はいきなり煌子を叱りつけた。強大な妖力のたまものなのか、葛の葉だけはまったく灰をかぶっていない。

「そんなに怒らなくても……」

「晴明、そなたがついていながら、なんという無分別を！」

「申し訳ございませぬ」

「煌子はわらわが若いころにそっくりの美貌。払っても払っても男たちがよってくるに決まっておる。そして女たちからは嫉妬と呪詛の嵐じゃ」

「そう言われれば、たしかに……」

いまだに三十代にしか見えぬ美しい妖狐の自慢話は、意外にも説得力があったのか、晴明と兄たちは、うーん、と、考え込んだ。

「やはり宮仕えはやめた方がいいかもしれないな」

「呪詛に関しては陰陽寮の方で対策を講じておくよ」

いきなりのてのひら返しである。

「もう、うちはみんな心配性ね」

だが煌子は、家族の心配をケラケラと明るく笑いとばした。

「面白いわ。晴明の娘には呪詛も悪口もきかないっていうことを、意地悪な連中に身をもって教えてやろうじゃないの」

胸をはって宣言する。

「まったくもってそなたは少しもわかっておらぬな！」

親心ならぬ祖母心を踏みにじられた葛の葉は、来た時と同様に突風をまきおこして帰っていった。

その日安倍家では、全員総出で大掃除にいそしむはめになったのである。

三

数日後。

宣子が新しく仕立ててくれた指貫をはいて、煌子は内裏に出仕した。

指貫というのは、袴の裾を紐でしぼったもので、女性用の長袴にくらべてはるかに動きやすい。

馬に乗り、帝の行幸に従う東豎子ならではの装束である。

気品のある青い唐衣に松の模様の裳をつけた年配の女房に案内されて、承香殿へむかう。

清涼殿のすぐ北東にある承香殿は、とても静かな空間だった。

黒漆に螺鈿《らでん》細工をほどこした二階棚などの調度品が並び、芳《かぐわ》しい香りがただよう中、桜襲《さくらがさね》の細長《ほそなが》をまとった美しい姫君が、ゆったりと脇息にもたれかかっている。

「宮さま、このたび新しく東豎子として出仕することになった安倍晴明の娘です」

「まあ、東豎子？」

承香殿の女主人は、あどけないしぐさで、おっとりと小首をかしげた。

先帝の皇女にして今上帝の妃宮である、尊子《たかこ》内親王だ。

雪の中で一輪だけひらいた白梅のような、清らかな空気をまとう姫宮に、煌子は思わず見とれてしまった。

年齢は十七歳。

長くつややかな髪も、ふっくらとした小さな唇も、何もかもが美しいのだが、真珠のように白くかがやく肌がとりわけ美しい。

きっと煌子のように出歩くことなどなく、ずっと御簾の内ですごしてきたのだろう。

今はまだいたいけな少女の面影を残しているが、もう三年もすれば、圧倒的な美貌をもって帝の寵愛をひとりじめするに違いない。

美しい人はただ美しいというだけで妬まれる、という、宣子の言葉が、煌子の脳裏に蘇った。

「不思議ね、そなたを白銀に輝く光がつつんでいるように見えるわ」

「は？」

尊子の言葉に、煌子はギクリとした。

妖力はおさえ込み、消しているはずだが、さすがは前斎院である。

「わたくしには何も見えませんが……」

女房がけげんそうな顔をして、煌子を見た。

「きっとこの者には、特別な神仏のご加護があるのでしょう」

「おそれいります」

ちがうとは言えず、煌子はかしこまって頭をさげる。

「晴明の娘よ、そなたのことは帝からきいています。陰陽道に通じ、武術にもすぐれているとか」

「はい」

「よび名はもう決まっているの？」

安倍煌子、と答えてはいけない。

ここは女房名ならぬ東豎子名を求められているのだ。

「いいえ、まだです」

「では陰陽の君《きみ》にしましょう。何かわからないことがあれば、そちらの中納言《ちゅうなごん》の命婦《みょうぶ》にきくといいわ」

「陰陽の君……。ありがとうございます」

まさに晴明の娘にふさわしい名である。

嬉しくなって、煌子は思わずにこにこしてしまう。

「…………？　まだなにか？」

煌子が笑顔で尊子を見ていると、とまどい顔で尋ねられてしまった。

「もうさがってかまいませんよ」

中納言の命婦とよばれた年配の女房が、小声で言う。

「いえ、さがりません」

「なんと？」

「つねに宮さまのおそば近くにいないと、いざという時、お守りできないではありませんか」

「はあ？」

中納言の命婦は、あんぐりと大きく口をあけて、煌子の顔をまじまじと見た。

尊子もかなり驚いているようだ。

「わたしは普通の女房ではなく、東豎子ですから」

「そ、それはそうだが」

「それではまず最初に、呪詛の厭物がないか確認させていただきます」

「えっ？」

「以前、床下に厭物があったと聞いていますが」

「ええ、宮さまの体調がずっとすぐれなかったので、陰陽師を召して占わせたところ、呪詛とでたのです。そこで手分けして探したら、この承香殿の床下から木でつくった人形《ひとがた》が……」

中納言の命婦は、口にするのも忌まわしいという表情である。

「呪詛あるあるですね。床下と井戸は定番です」

「定番」

あっけらかんとした煌子の言葉に、尊子と中納言の命婦は顔を見合わせた。

四

「もちろん定番以外の場所に厭物が隠されている可能性もありますから、ひととおりあらためさせていただきますね。ご無礼をおゆるしください」

煌子は庭におりて、床下をのぞきこんだ。

まずは一度、人形が発見されたという場所からである。

妖狐の血をひいているので、ある程度は暗い場所も見通せるが、さすがに一番奥までは見えない。

煌子はかがんで、床下をのぞきこんでいるふりをしながら、小声で菅公をよんだ。

「菅公、床下と屋根裏の確認をお願い」

「焼き栗を忘れないでくださいよ」

煌子の胸元からでてきた菅公は、するりと床下にもぐりこんでいった。

「常闇」

身をかがめたまま、小声でもう一人の式神をよぶ。

「おれもか」

庭の梅の枝にとまっていたカラスが、地面におりてくる。

「井戸を見てきて」

「井戸の底までは見えないぞ」

「気配を確認するだけでいいわ。もし呪いの気配がただよっていたら、兄様たちに井戸の底をさらってもらうから」

「わかった」

常闇はうなずき、飛び立っていった。

「今のカラスは言葉を話せるの？　見たところ足が二本しかなかったから、八咫烏《やたがらす》ではないようだけど」

頭上から聞こえた声に煌子はハッとする。

床下ばかり見ていたので気がつかなかったのだが、いつのまにか、尊子が御簾の外にでてきて、煌子を見おろしていたのだ。

隣で中納言の命婦が腰をぬかしている。

「宮さま!?　あの……今のカラスは……」

まだ日陰に雪が残っているというのに、煌子の背中を冷や汗がつたいおちた。

「あれも陰陽師の術のひとつなの？」

「……はい。わたしはあのカラスと式神契約をしているのです」

「契約？」

「わたしのために働いてくれたら、褒美に干し棗をあたえる約束なのです」

「干し棗？　ずいぶんかわいらしいものを好むのね」

尊子はふっくらした唇をほころばせる。

「陰陽師はみな、式神をつかっているの？」

「みなではありません。式神は、その、当家の秘伝ですので、できればご内聞《ないぶん》にお願いします」

「わかったわ。今度たんと干し棗を用意しておきましょう」

「ありがとうございます」

尊子の心の広さにほっとして、煌子は頭をさげた。

「それでは次に、調度品の中や敷物の下を確認させていただきたいのですが」

「それはわたくしが！」

中納言の命婦がハッと我にかえって、煌子を止める。

「何か見られて困るものでもあるのですか？」

「そうではない。無礼だと申しておるのだ」

「ご無礼をおゆるしくださいと先に申し上げました」

「ゆるすとは言っておらぬ」

「でも厭物ですよ？　もし命婦さまが厭物を見つけてしまったら、穢《けが》れにふれますよ？」

「そなたは穢れにふれてもよいのか？」

「わたしは自分で祓えます。晴明の娘ですから。ほら、こうして様々な呪符も持参しております」

煌子は懐から十枚ほどの呪符の束をとりだし、中納言の命婦の鼻先につきつけた。

「むむ……」

今にも歯ぎしりしそうな顔で、中納言の命婦が煌子をにらみつける。

「よい、わたくしが許します。陰陽の君にまかせよ」

尊子がおっとりと微笑みながら言う。

「ですが、宮さま」

「命婦、もしそなたが穢れにふれたら、しばらく出仕できなくなってしまうではないか」

穢れにふれたものは、その程度により、数日から数十日の間、内裏への出仕が禁じられるのだ。

たとえば身近に死者がでた場合や、出産があった場合も穢れとなる。

「そなたがおらねば、わたくしは……」

女主人に悲しそうに目を伏せられ、命婦はとうとう折れた。

「わかりました。陰陽の君にまかせます」

「ありがとうございます」

早速煌子は御簾をあげ、四角形の座布団《しとね》をひっくり返そうとする。

その時、背後から、聞き覚えのある声が聞こえてきた。

五

「もしかしてあき……じゃなくて白姫さま⁉　どうして⁉」

座布団を持ったまま煌子が振り返ると、庭のむこうにある清涼殿の縁側に紅式部が立っていた。

はなやかな紅梅色の唐衣をはおって、長い裳を後ろにひきずる女房の正装だ。手に文を持っているから、届けに行く途中なのだろう。

同じ内裏に出仕するのだから、いずれは挨拶にいこうと思っていたのだが、まさかこんなに早く会えるとは。

「知り合いか？」

「友人です。すみません、すぐに戻ります」

煌子は中納言の命婦にことわると、急いで渡殿とよばれる渡り廊下にむかった。ちょうど滝口《たきぐちの》詰所《つめしょ》とよばれる武者たちの詰め所があるあたりだ。

紅式部とは例の、那智の天狗にさらわれた日以来である。

「どうして煌子さまが内裏に？　それにその指貫はどういうこと？」

「急だけど、今日から東豎子として出仕することになったの」

「東豎子!?」

「今は仕事中だから、詳しくはまた後で説明するわ」

「きっとよ」

紅式部に約束すると、煌子は急いで仕事に戻った。

「失礼しました」

女御と命婦に頭をさげ、厭物さがしの作業を再開する。

「今の女房はどちらの？」

中納言の命婦が煌子に尋ねた。

「梅壺女御さまづきの女房で、紅式部といいます。六年ほど前に、一緒に五節の舞姫をつとめた時からの縁です」

答えながらも煌子は手をとめることなく、調度品の棚に厭物が入っていないか確認していく。

「梅壺の？」

中納言の命婦が眉をひそめた。

「何か？」

「宮さまに失礼なあだ名をつけたのは、梅壺女御の仕業だというもっぱらの噂ですよ」

「そうなんですか？」

火の宮のことだ。

「火事と宮さまの入内には何の関係もないのに、腹立たしい」

「でも弘徽殿女御さまの仕業かもしれませんよね？」

「そうであろうか」

どうやら中納言の命婦は、梅壺女御を嫌っているらしい。

「噂など気にしてもしかたがないわ。それより、厭物の確認が終わったら、五節の舞のことを聞かせて」

「はい。大急ぎでいたします」

尊子が話題をかえてくれたので、煌子はほっとした。

中納言の命婦のあの調子だと、紅式部とは二度と会うなと言われそうだったからだ。

煌子は唐櫃《からびつ》のふたや二階厨子《にかいずし》の扉などを次々にあけて、中にあやしいものが入っていないか確認していく。

「調度品は大丈夫ですね。残るは畳だけですが……」

皇族用の繧繝縁《うんげんべり》とよばれる華やかなふちどりの畳が所々に敷かれているのだが、中には二枚重ねになっているものもある。

帝が承香殿にお渡りになった時に、この畳の上に座るのだろう。

「まさか畳をすべてひっくり返すつもりか？」

「そうしたいところですが、なかなか重そうですね……。一人では動かせそうにありません」

「わたくしは穢れにふれられないので手伝えぬぞ」

中納言の命婦は、先ほどの仕返しなのか、けんもほろろの対応である。

「そうでした。ではどなたか、下働きの女官の方をお願いできますか？」

「さて、それは……」

中納言の命婦は首をかしげた。

「誰かおるか？」

中納言の命婦が声をはるが、返事がない。

「おらぬな」

「え、誰も？」

畳を動かすとなるとかなりの力仕事になるから、みんないないふりをしているのだろうか、と、煌子は疑った。

しかし耳をすませ、鼻をすませても、人の気配がまったく感じとれない。

「みな呪詛をこわがって、承香殿に近づこうとしないのです。かくいうわたくしと命婦も、晴明の娘が守ってくれることになったので安心して参入せよ、という文を帝よりいただいて、ようやく昨夜、実家《さと》から戻ったばかりなのですけど」

「そうだったのですか。わたしを信頼してくださって、ありがとうございます」

「宮さまはひとを信じすぎです。嫌なら嫌と仰せになってもかまいませんのに」

煌子など信用できないと思っているのか、命婦は渋い顔である。

「だれもいないとなると、畳はどうしたものかしら」

命婦がブツブツぼやいているのを無視して、煌子は作業に戻ろうとした。

「畳を動かすのか？」

今度は庭から、煌子がよく知る男性の声がした。

六

煌子が御簾ごしに庭を見ると、束帯姿の晴明が立っていた。

その背後には、吉昌と吉平の姿も見える。

「お父様！　お兄様たちも!?」

「たまたま内裏まで天文密奏《てんもんみっそう》を届けに来る用があったのだ」

晴明はたまたまだと言うが、おそらく、煌子のことを心配して、内裏に出入りする口実を無理やりつくったのだろう。

「三人でわたしの仕事ぶりを検分しにきたの？」

「たまたまだよ」

晴明はすました顔で答える。

「私は呪詛の対策を講じるようにと命じられているから、自分の仕事をしに来たのさ」

たしかに吉平が謹慎をといてもらった時の条件である。

「なにか困っていることはないか？」

明らかにおまけでついてきた吉昌が、もじもじしながら尋ねた。

「ちょうど男手がほしかったところなの。念のため畳の下も確認しておきたくて。昨夜、内裏にもどられたばかりだそうだから、お留守にされていた間、変な物をしかけられているかもしれないでしょう？」

「なるほど。吉昌、吉平」

「はい」

尊子の許しをもらい、吉昌と吉平は二人がかりで、畳を一枚ずつおこしていった。

二枚目の畳をおこした時だった。

人の輪郭らしき絵が描かれた薄い紙が、畳の裏側からひらりとでてきたのだ。

「これは……!?」

絵だけではなく、呪文も書き添えられている。

「まさか……呪符!?」

煌子の問いに、晴明はうなずく。

「だがこれは、素人の作だな。法師陰陽師につくらせたものではなさそうだ。呪詛の効果はないだろう」

「たしかに、本格的な呪符や厭物ならば、黒くまがまがしい瘴気《しょうき》をはなっているものですが、この呪符にはそのような強い念は感じられません。もしかして、この呪符の目的は呪詛というよりも、ただの嫌がらせでしょうか？」

「あるいは脅しか……」

「脅しですって!?」

晴明と煌子の会話をきいて、几帳のかげにいた中納言の命婦が声をあげる。

「命婦さま？」

「このお優しい宮さまを、誰がどう脅すというのです!?」

「次こそ本格的に呪詛をするぞ、という、脅しかと」

「まあ……」

尊子も青ざめて、言葉を失った。

「河原まででて、禊祓いをおこなった方がよいであろうか？」

命婦の問いに、煌子は首を横にふった。

「ご安心ください。この紙切れには呪詛の力は一切ありません。こんなものは焼き捨ててしまえばおしまいです」

そう言いながら、煌子は右手に小さな狐火をだした。

「いや、待て」

煌子の右手をとっさに握って止めたのは吉平だ。

「どうして？」

尊子と命婦は几帳のむこうにいるから、狐火を見られることはないはずだ。

「父上にきちんと祓ってもらおう。その方が宮さまもご安心なさるだろう」

「こんな子供だましの呪符もどきに、そこまでする必要はあるかしら？」

「今後、宮さまにむけられた呪詛はすべて、安倍晴明によって祓われ、返される、ということを、この脅しをかけてきた犯人に思い知らせてやった方がいい」

吉平の整った顔に、すこしばかり意地の悪い笑みがうかぶ。

「それは思いつかなかったわ。さすが吉平兄様。たいした策士ね。宮さま、いかがでしょう？　兄の申す通り、呪詛をおこなえば必ず晴明によって返されるということを見せつければ、この先、だいぶ呪詛が減るにちがいありません」

煌子の提案に、尊子はすぐにはうなずかなかった。

「そのようなことをすれば、そなたが恨みをかうのでは？」

「わたしのことはご心配いただかないでも大丈夫です。呪詛を祓い、宮さまをお守りするのが、東豎子としてのつとめですから、どうぞおまかせください」

煌子はまっすぐに頭をあげて言う。

「……頼みます」

「はい！」

煌子は満面の笑みで、力強くうけあった。

七

清涼殿からもよく見えるように、夜、あかあかと篝火《かがりび》をたいた庭に祭壇を組んで、呪詛祓いは盛大におこなわれた。

晴明の凜とした声がひびきわたる。

さらには反閇《へんばい》もふみ、侵入者の邪気から土地を清めた。

「これで、都一と名高い陰陽師、安倍晴明が呪詛を祓い、返したという噂は今夜中に内裏をかけめぐります」

煌子が鼻高々で報告すると、尊子と命婦は安心して表情をやわらげた。

「ありがとう、陰陽の君」

「それから、さきほどわたしの式神たちが戻って来て、床下と井戸に厭物は見あたらなかったそうです。どうぞご安心くださいませ」

「よかった。これで女官たちを安心して出仕させることができますね」

命婦の言葉に、尊子がうなずく。

もしかしたら、不安な者は出仕しないでもよいと伝えてあったのかもしれない。

その時、御簾の外から、数名の衣ずれの音が聞こえてきた。

「帝がお渡りになります」

「えっ!?」

几帳のかげに隠れる暇もなく、するすると御簾がまきあげられた。

命婦がさっと檜扇をとりだし、顔の前で開いたので、煌子も急いで真似をする。

「尊子、さきほど晴明が祓えをおこなっていたようだが、大事ないか?」

優美な白の御引直衣《おひきのうし》に紅の長袴という独特な姿で、帝が御簾の内に入って来た。

「はい、すべて祓い清めたので、もう心配いらぬとのことでした」

「それをきいて安心した」

優しい声だ。

帝は心底から若く美しい妃宮をいつくしんでいるのだろう。

「余が内裏によびもどしたせいで、またつらい思いをさせてしまったのではと案じていたが、顔色も昨夜より少し明るくなったようだな」

「陰陽の君のおかげです」

「陰陽の君？」

「はい」

尊子がちらりと煌子の方を見た。

「そうか、今日から晴明の娘が出仕しているのか」

檜扇《ひおうぎ》で顔をかくしても、指貫をはいている女性は一人しかいないので、ばればれである。

「早速、宮のために、よき働きをしてくれたようだな」

「父より教わった陰陽道の知識がお役に立って幸いです」

「そうか。先日の唐衣と裳をつけた姿もあでやかであったが、指貫もなかなか凜々しくて似合っているぞ。いずれ行幸の伴をしてもらうのが楽しみだ」

「ありがとうございます」

煌子は恐縮して、ひたすらうつむいて答える。

ではな、と、来た時と同じように、いきなり帝は立ち上がると、清涼殿へ戻っていった。

帝とおつきの人々の足音が遠ざかっていったのを確認して、煌子は顔をあげる。

「いきなりいらっしゃるのですね。びっくりしました」

ふう、と、息を吐く。

「今日はこちらにお渡りになるご予定ではなかったのですが、晴明が祓えをしているのに気づき、心配して様子を見に来てくださったのでしょう」

命婦も肩の力をぬいて、扇をとじた。

「でもこんな夜分にお渡りになったのだから、てっきり朝までこちらでおすごしなのかと思いました」

「ああ、それは……」

命婦は口ごもった。

「そなたが気にすることではありません」

「はい」

どうやら言いにくい事情があるようだ。

「それではわたしも、今日はこれでさがらせていただきます」

「ご苦労でした」

煌子は尊子と命婦に挨拶すると、承香殿から退出した。

八

夜もだいぶ遅い時間になっていたが、内裏のあちこちからは、人の気配がする。

煌子は慣れない初出仕でいつになく疲れていたが、邸に戻る前に、あとで説明すると約束をした紅式部を探さねばならない。

紅式部は煌子と違って、住み込みの宮仕えをしているはずだが、局は梅壺の中にあるのだろうか？

そもそも内裏は似たような建物が多すぎて、煌子にはどれが梅壺なのかわからない。

とりあえず、先ほど紅式部と話した、渡殿の方に行けばいいのだろうか。

五歩もすすまないうちに、暗い中、黒い袍《ほう》に黒い冠、袴だけが白い男性が承香殿にむかって歩いてくるのが見えた。

よく見ると、冠の後ろの纓《えい》を巻き上げ、両耳の上に馬毛でつくった半円形の緌《おいかけ》をつけている。

背には平胡籙《ひらやなぐい》とよばれる矢入れ。

後ろに長くひいた桜襲の裾《きょ》。

高位の武官だ。

煌子はさっと端により、進路をあけると、檜扇で顔をかくす。

「その指貫、もしや新しい東豎子か？」

急に声をかけられてドキッとするが、相手の口調は柔らかい。

「はい、本日より出仕しております、前の天文博士安倍晴明の娘で、陰陽の君と申します」

「そうか。私は妃宮さまの叔父で、近衛少将《このえのしょうしょう》の藤原光昭《みつあき》だ。東豎子のことは帝よりうかがっている」

言われてみれば、品が良く清々しい雰囲気が、承香殿の宮にどことなく似ている。

叔父といっても、まだ三十歳になるかどうかというところだろう。

近衛少将というはなやかな官職にふさわしい、典雅な公達《きんだち》だ。

「これからも宮さまのことを頼むぞ」

「はい、この晴明の娘におまかせくださいませ」

煌子が顔をあげて答えると、光昭と目があう。

光昭はふっとほほえむと、「うむ」とうなずき、承香殿へむかっていった。

光昭が通ったあとには、ほんのりと甘く上品な薫りがただよう。

さっきの装束にたきしめているのだろう。

思わず煌子は大きく息を吸い込んだ。

「うーん、いい匂い」

煌子が甘い残り香《が》にうっとりしていると、今度は唐衣に長袴の女房が歩いてくるのが見えた。

「典子さま！」

煌子が右手をふると、紅式部の方でも気がついて、手をふり返す。

「会えてよかった。ちょうど探しに行こうとしていたところなの」

「わたくしもよ。聞きたいことがたくさんありますわ。でもこんな誰に聞かれるかわからないところで立ち話をするわけにもいきませんから、人のいないところにまいりましょう。ええと、常寧殿がいいかしら」

常寧殿は承香殿のすぐ北側にある建物で、かつて煌子たちが五節の舞姫として最初の試舞をおこなった場所だ。

「常寧殿って、実は五節の舞以外ではほとんど使われない建物なのよ」

紅式部と煌子は、承香殿の裏側をぬけて、常寧殿にむかった。

紅式部の言った通り、誰もいない常寧殿は静まり返っている。

重い格子の蔀戸《しとみど》がおろされていて、建物の中には入れなかったので、二人は寒空の下、簀子《すのこ》の縁側に並んで腰をおろした。

まだ月もでていないが、まわりの建物の灯火のおかげで、かろうじてお互いの顔は識別できる。

「それで、どうして煌子さまが東豎子に？」

いきなり紅式部は本題に入った。

今日は一日中、ずっとそのことが気になっていたのだろう。

「実はあの物詣がきっかけで出仕することになったの」

「どういうことですの？」

煌子が一連のいきさつを説明すると、紅式部は「なるほど、そういうことね」と、うなった。

「たしかに火の宮よばわりはちょっと意地悪がすぎますわよね。あ、念のため言っておくけど、火の宮ってあだ名をつけたのは梅壺女御さまではありませんわ。そもそも内裏の火災があった頃、梅壺女御さまはまだ、お産で東三条殿南院へ里帰りされていたんですもの」

「つまり弘徽殿女御さまが、火の宮っていうあだ名をつけたってこと？」

「しっ、声が大きいわ。すぐそこの、右手の建物が弘徽殿よ」

紅式部が声をひそめて注意した。

「あら」

煌子は首をすくめる。

正面に見える建物が承香殿で、右側が弘徽殿。

かなり近い。

九

紅式部はひそひそ声で解説をはじめた。

「弘徽殿女御さまは、ただでさえあとから入内した梅壺女御さまが第一皇子《おうじ》を産んで、中宮争いで出遅れていたの。でも梅壺女御さまは産前産後をあわせればかなりの長期間、内裏へ戻ってこられないはずだから、なんとかこの隙に、自分も皇子をさずかりたい、いや、さずからねば、って、意気込んでいたはずよ。そこへ突然、とびきり美しく若く高貴な元斎院さまが入内してきたんですもの。さぞかし焦ったことでしょうよ」

まるで見てきたような、生き生きとした解説だ。

「なるほど。その点、梅壺女御さまは、皇子を産んで次期中宮の地位もほぼ確実だし、嫌がらせや呪詛をする必要はないということね」

「そう。梅壺女御さまとしては、帝が中宮宣旨をだしてくださるのを悠然と待っていればいいのよ。いいはずなのよ。でもねぇ」

「でも？」

「梅壺女御さまがお産で里帰りしている間に、美人のほまれが高い元斎院の宮さまが入内したのよ？　そりゃ梅壺女御さまだってムッとするわよ」

「それはそうかもね。あんなに大変なお産だったし」

なにせ道満が百鬼夜行をよびだしたりしたものだから、東三条殿南院は大混乱だった。

煌子は道満に勝利をおさめはしたものの、羽団扇はとられたままだ。

「でしょう？　しかも、もし承香殿の宮さまにも皇子がお生まれになったら、中宮にたつのは宮さまかもしれないじゃない。なにせとてつもなく高貴なお生まれで、しかも帝のお気に入りなんだから」

弘徽殿女御は関白頼忠の娘で、梅壺女御は右大臣兼家の娘である。

どちらも名門貴族の出ではあるが、上皇の娘である内親王は別格だ。

「あっ、もしかして、職場の空気がピリピリしていて疲れるから、気分転換に物詣にでかけたいって言い出したの、宮さまが入内されたせいなの!?」

「そういうこと」

紅式部はため息をついた。

「でもいくら年下だからって、内親王さまにひどいあだ名なんかつけたらまずいんじゃないの?」

煌子の素朴な疑問に、紅式部は微妙な表情をした。

「そこが後宮のきついところなんだけど、承香殿の宮さまって、これといって大きな後ろ盾がいないのよ。父親である上皇さまはもう引退された身だし、帝の摂政や太《だ》政大臣《じょうだいじん》をつとめたお祖父さまは十年も前に亡くなられているの。弟君が東宮《とうぐう》さまだけど、元服もされていない子供だし。ようやく従四位下《じゅしいげ》になったばかりの、若い叔父が二人おられるだけ。二品宮《にほんのみや》としての品封が支給されるから、金銭的に不自由されることはないでしょうけど、後ろ盾がないと、どうしてもあなどられちゃうのよね」

その二人の叔父のうちのひとりが、さきほど煌子に声をかけていった若い貴公子だろう。

「そういうものなの？」

「そうなのよ。そこで帝が見かねて、宮さまをかばおうとなさるのだけど、帝がかばえばかばうほど、まわりの反感をかって、宮さまへの風当たりがひどくなっちゃう。やれ調度が古くさいとか、装束の色の襲《かさ》ね方が子供っぽいとか、和歌のできばえがどうとか、陰口が盛り上がるんだけど、それが帝のお耳に入って、またかばわれて。もう堂々めぐりね」

「それで呪詛や脅しが横行してるのか……」

複雑怪奇な後宮事情に、煌子は頭をかかえた。

あの美しく清らかな内親王にとって、内裏はさぞつらい場所だろう。

「お気の毒に」

「お気の毒ではあるけど、でも、宮さまの存在自体が、弘徽殿女御さまと梅壺女御さまに脅威となっているのだからしかたがないわ。まさに台風の目よ」

美しい人はそれだけで妬まれる、という母の言葉が、今日は何度も煌子の脳裏によみがえる。

あれほど美しくなければ、あるいは、あれほど品よく、清らかな内親王さまでなければ、目の仇にされることもなかっただろうに。

「でも、まさか煌子さまが、よりによって内裏の不和の元凶である宮さまを守る役目を拝命するだなんて、思ってもみませんでしたわ」

紅式部の言葉にはトゲがある。

自分が職場のギスギスした様子に疲れているのを知っていたのになぜ、という、非難がこめられているのだ。

「そんなこと言われても……。帝の命にはさからえないわ」

困り顔で煌子は答えた。

「そんなのわかっていますわ」

紅式部はぷいっとそっぽをむく。

二人の間に、居心地の悪い沈黙がたれこめた。

承香殿から、管弦のしらべが聞こえてくる。

笛の音がさきほどの光昭少将で、琴が宮さまだろうか。

煌子は管弦の良し悪しはさっぱりわからないが、とても美しく澄んだ音色だと感じる。

「すてきな合奏ね」

「そうね……。宮さまは琴もお上手なのね。笛は……」

紅式部の表情がふいにけわしくなる。

「今宵、帝が承香殿へわたられたとか」

「え？　あ、ええ、いらしたけど？」

いきなりどうしたのだろう、と、煌子はとまどいつつ答える。

「でも帝はもう……」

「わかっている」

煌子の話を紅式部は強引にさえぎった。

「あの姫宮さえいなければ……帝とて、そのような命はくださなかったであろうよ……」

急に紅式部の声がしわがれた。

話しぶりも高圧的だ。

表情もいつもと違う。

「えっ、な、なに!?」

煌子は不穏な気配を察して、半身を後ろにひく。

この感じ……まさか……？

「あの……典子さま……じゃないの……？」

「晴明の娘よ、おまえのせいだ！」

紅式部はいきなり両手をつきだし、煌子の首をしめようとした。

「なっ!?」

煌子は紅式部の両手を自分の首からひきはがそうとするが、すさまじい力だ。

紅式部の瞳は真っ赤に充血している。

「物《もの》の怪《け》か……！」

煌子は苦しい息づかいでうめく。

その時、弘徽殿から、キャーッ、という悲鳴が聞こえた。

「女御さまがお倒れに！」

「薬師《くすし》をよべ！」

女房たちが大声で騒いでいる。

生き霊が抜けだしたため、肉体が動けなくなったのだろう。

「やはり、か……!」

弘徽殿女御こと藤原遵子が紅式部にとりつくのは、これが二度目である。

煌子はおさえていた妖力を解き放った。

瞳が金色になり、長い髪は銀色に輝く。

煌子は紅式部の手首に狐火をはなった。

もちろん全力ではなく、小さめの狐火だったが、紅式部のほっそりした身体は後ろにふきとぶ。

「グフッ……」

手すりに背中を打ちつけ、紅式部はうめく。

「晴明の娘……おまえが余計なことをしたせいで、承香殿へ入りこめぬ……!」

生き霊は怒りに燃えた瞳を煌子へむける。

「さてはもう一度、呪詛するつもりだったのね! そうはさせるものですか!」

煌子も真っ向から真っ赤な瞳をにらみ返した。

相手は生き霊だ。

気を抜いたら自分がやられてしまう。

煌子は懐から、封印の呪符をとりだした。

生き霊にきくかどうかはわからないが、試してみる価値はあるだろう。

「十二神将の名において安倍晴明の娘が命じる！」

煌子が呪符を紅式部にむかってふりかざした時だった。

承香殿の御簾があがり、中から、右手に笛を、左手に灯火を手にした黒い袍の男性がでてきた。

「騒いでいるのは誰だ？」

この柔らかな声は光昭だ。

まずい、妖狐に変身した姿を見られてしまう。

煌子は呪符を持ったままこおりついた。

「なんだ、あの笛は帝ではなかったのか」

ぼそりとつぶやいた低い声は紅式部だ。

次の瞬間、紅式部の身体から力が抜け、くたくたと縁側に倒れ伏してしまった。

紅式部の声や動きを、光昭に気づかれてしまったかもしれない。

焦りながらも、煌子が暗がりの中に身をひそめていると、承香殿の御簾の内からもう一人、青い唐衣の大柄な女性がでてきた。

「少将さま、誰ぞおりますか?」

この声は中納言の命婦だ。

「どうも弘徽殿で何かあったようだ」

「まあ、何でしょうね」

いぶかしみながらも、ふたりは御簾の内へもどっていった。

常寧殿が暗いのが幸いして、煌子と紅式部の姿は見えなかったようだ。

煌子はほっとして肩の力をぬくと、黒髪の姿に戻った。

「大丈夫……?」

念のため呪符を持ったまま、紅式部の身体を軽くゆさぶる。

「典子さま、おきられる?　しっかりして」

煌子は紅式部の本名でよびかけた。

「……あ……」

紅式部はうっすらと目をあける。

「え?　わたくしは……?」

「倒れたのよ。覚えてる？」

「そういえば、急に気が遠くなったような……。めまいかしら」

今回も生き霊に取り憑かれていた間のことは覚えていないようだ。

しかし二度も取り憑かれるとは、紅式部と弘徽殿女御はよほど相性がいいのだろう。

困ったものである。

「ちょっと待ってね」

煌子は懐から呪符を数枚とりだすと、その中から、退魔の呪符をえらんだ。

「これ、安倍晴明が書いた霊験《れいげん》アラタカなおまじないの護符よ。これを毎日持ち歩いたら、きっと元気になるわ」

「まあ、ありがとう。実は疲れがたまって、ずっと身体が重かったの。左肩なんかパンパンですのよ……」

そうでしょうとも、と、煌子は心の中でつぶやく。

「宮仕えは大変ですものね。無理せず、なるべくこまめにお休みをとったほうがいいわ」

「ありがとう。そうしますわ」

紅式部は弱々しくほほえみ、うなずくと、おきあがった。

「変ね。背中が痛いわ」

「局まで肩をかしましょうか？」

「ありがとう。お気持ちだけでけっこうよ」

「でも……」

心配そうな顔をする煌子に、紅式部はため息をつく。

「煌子さま、あなたといるところを見られたら、妙な噂がたつかもしれないでしょう？　承香殿と内通している、とか」

「ああ……。察しが悪くてごめんなさい」

煌子はしゅんとして肩をおとした。

紅式部は梅壺の女房なのだ。

承香殿の宮を守るために、晴明の娘が東豎子として出仕したということは、すでに内裏じゅうに知れわたっているであろうし、もっと慎重に振る舞わないと、紅式部の職場での立場を悪くしてしまう。

「わたし、宮仕えなんてはじめてだから、そういう気配りが全然できなくて」

「ふふ、そういう真っ直ぐなところが、煌子さまのいいところですわ」

気落ちなさらないで、と、微笑むと、紅式部は自分の局に戻っていった。


煌子は内裏からの帰りの牛車の中で、小さく息をはいた。

二人の兄たちは宿直《とのい》なので、牛車に乗っているのは煌子と晴明だけだ。

「初出仕で祓えまでして、疲れたようだね」

牛車に同乗している晴明が、優しい声で言う。

「後宮って難しいわ。やっぱりわたし、お父様と陰陽寮で働きたかった」

「そうか」

「そうよ……」

煌子はいつのまにか、晴明の肩にもたれて、おだやかな寝息をたてていたのであった。

第三話 内裏に巣喰う物の怪

一

翌日の早朝。

煌子が宣子に手伝ってもらいながら出仕の支度をしていると、宿直あけの兄たちが陰陽寮から帰ってきた。

陰陽、つまり卜占が専門の吉平はともかく、天文を専門とする吉昌は、しばしば陰陽寮で夜明かしする。

しかし。

「昨夜は内裏が大騒動だったので、天文観測に集中できませんでした」

こんなに疲弊した顔で帰宅することは珍しい。

「内裏で何があったの？」

煌子が尋ねると、吉昌はため息をつく。

「まあ、いろいろだよ」

朝粥を食べながら、吉昌は順番に話しはじめた。

「まずは弘徽殿女御さまがお倒れになったのだが、薬師が原因がわからないと言うので、急きょ兄さんが内裏に召されて、原因を占ったんだ」

「ああ、物の怪のせいでしょう？」

煌子が即答すると、吉平は眉を片方つりあげた。

「なぜわかった。さては心当たりがあるな」

「紅式部がわたしと話していた時、また弘徽殿女御さまにとりつかれたの」

「一年半ぶりか」

「でも父上が反閇を奉仕したのに。生き霊にはきかないのかな？」

吉昌が首をかしげる。

「承香殿じゃないわ。常寧殿で話していたの」

「なるほど」

「近々、常寧殿でも反閇をふんでおこう」

だまって子供たちの話を聞いていた晴明が言う。

「お願いします」

「真夜中に梅壺でも物の怪騒ぎがあったのだが、それも、もしかして煌子の友人だったのかな？　たしか梅壺女御に仕えてるんだよね？」

「それはたぶん紅式部じゃないと思うわ。もう取り憑かれないように、お父様に書いていただいた退魔の呪符を渡しておいたし」

「では他の女房が取り憑かれたのか」

「取り憑いたのは弘徽殿女御の生き霊だったの？」

「そこまではわからないな」

物の怪の調伏は、陰陽師ではなく修験者がよばれるので、詳しいことはわからないのだ。

「とにかく梅壺が大騒ぎだったということだけは、たしかだ」

「お父様、ついでに梅壺でも反閇をお願いします」

「そのうちにな」

「それから、明け方に、猪《いのしし》が清涼殿にあがりこんでいたのが見つかったので、穢れだと大騒動になって」

「猪!?」

「うん。これまた吉平兄さんが召されたんだけど、実は動物って、ちょくちょく清涼殿や紫宸殿にあがりこむんだよね。ねずみはもちろん、カラスに犬に鹿とか」

「それを毎回占ってるの？」

「帝に占えと命じられたら、占うしかないだろう」

吉平は朝粥をせっせと口にはこびながらうなずく。

「お父様、清涼殿でも反閇をお願いします」

「動物には効果がないと思うが」

さすがの晴明も苦笑いで答えた。

二

二日目の承香殿は、昨日とうってかわって、女房たちが数多く出仕していたため、だいぶはなやいでいた。

みなそれぞれ美しい唐衣と裳の装束をまとっており、まるで絵巻物の一場面のようである。

「おはよう、陰陽の君。他の者たちに紹介しましょう」

中納言の命婦もご機嫌である。

「その指貫、あなたが東豎子の陰陽の君ね。昨夜から内裏はあなたの話題でもちきりですわ」

「かの有名な安倍晴明の娘なんですってね」

「昨日は晴明が来て、反閇をおこなったとか？　わたくし、昨日は物忌みで外出できませんでしたのよ。残念でしたわ」

承香殿の女房たちは、これまで呪詛や嫌がらせをおそれて出仕をしぶっていた。

あるいは出仕しても、そそくさとさがっていた。

しかし、承香殿の平安が約束された上に、新人の東豎子が晴明の娘だというので、今日はほぼ全員がそろったらしい。

噂好きの女房たちが集まったのなら好都合だ。

「あの、昨夜遅くに、梅壺でちょっとした騒動があったと聞いたのですが」

「ああ、物の怪騒ぎでしょう？」

「わたくしもその話は聞きましたわ。なんでも女童《めのわらわ》に物の怪がとりつき、梅壺女御さまに対して、大声で罵詈雑言を発し、子供とは思えぬ力で暴れて大変だったそうですわ。女童から物の怪をひきはがすのに、夜明けまでかかったとか」

取り憑かれたのは紅式部ではないと確認できて、煌子はほっとした。

「いったい何の物の怪だったのですか？」

「さあ、そこまでは聞いておりませんけど」

女房たちは顔を見合わせた。

「いつものように、女御さまか右大臣さまに恨みをもつ者ではありませんかしら？」

「そんなところでしょうね」

「いつも、なのですか？」

「よくあることですわよね？」

「それは言い過ぎですわ。でも、珍しいことでもありませんわね」

ふふふ、と、女房たちは楽しそうに笑う。

「そういえば、昨夜は弘徽殿女御さまも物の怪のせいでお倒れになったとか」

「物の怪？　こちらへの呪詛が祓われて返されたのではなく？」

「陰陽寮の者を召して占わせたところ、呪詛ではなく物の怪だとでたそうですわ」

「あら、そうなんですの？　意外ですわね」

「なんでも占った陰陽師は、たいそうな美男子だったとか」

その美男子の名はわからないのか、と、女房たちは大はしゃぎである。

「昨夜、弘徽殿の騒動について占ったのは、わたしの兄の吉平です」

煌子が言うと、まあぁ、と、女房たちがどよめく。

「陰陽の君のお兄様、ということは、晴明の息子ですわね」

「晴明の息子が占ったのなら、物の怪で決まりかもしれませんわね」

女房たちはこの調子で、あることないことを噂にして広めていくのだろう。

紅式部が噂を警戒していたのも無理はない。

「弘徽殿や梅壺の物の怪の正体が気になるのなら、朝まで内裏におられることですわ」

「物の怪はたいていい夜間にでますものね」

「正体がわかったら、わたくしたちにも教えてくださいましね」

女房たちは楽しそうに言う。

女房たちの言うことがどこまであてになるかはあやしいものだが、たしかに、昼よりは夜のほうが物の怪との遭遇率が高そうである。

「わかりました。朝まで内裏ですごしてみます」

煌子が言うと、「その意気ですわ！」と女房たちは大はしゃぎした。

三

薄紫の夕闇が内裏にたれこめはじめると、女房たちは三々五々、退出していった。

結局、灯火をともす頃まで残ったのは、中納言の命婦と煌子だけである。

「こちらにお仕えの方々は、みな邸から通ってこられるのですか？」

煌子の問いに、命婦は首を横にふった。

「いいえ。半数は局をたまわっているのですが、みな、明日は物忌みや方違《かたたが》えなどの都合があってさがりました」

「それって口実なのでは……？」

「言葉がすぎますよ」

命婦は一応、煌子をたしなめたが、否定もしない。

「呪詛や嫌がらせが恐ろしいのは、仕方のないことです」

尊子はおっとりとほほえむ。

「明るい間だけでも来てくれて、ありがたく思っているのです。特に朝は、着替えや髪、化粧など、人手がいりますから」

「でも夜だって、帝からお召しがあれば、人手がいりますよね？」

煌子は昨日から宮仕えをはじめたばかりなので、どういう決まりになっているのかよくわからないが、「今夜は清涼殿の夜御殿《よるのおとど》ですごすように」という帝からの伝達があれば、それなりに着替えたり、髪や化粧をかえたりするのではないだろうか？

明るいうちに連絡があれば、女房たちがまだ残っているから、支度をととのえてもらえるのだろうが、暗くなってから連絡がきた時はどうしているのだろう。

煌子の問いに尊子は何も答えず、おっとりとほほえんだ。

それは何とかなるから大丈夫、という笑みだろうか。

それとも、本当はとても困っているけど、それを口にだすことが恥ずかしくてできない、とか？

あるいは、新米の東豎子ごときが余計な口出しをするな、と、内心で立腹しているゆえの沈黙かもしれない。

笑顔の裏にある妃宮の本心など、煌子には推し量りようもなく、途方にくれる。

「そういえば、陰陽の君は、今宵は朝まで内裏ですごすそうですね？」

命婦にまで知れ渡っているらしい。

「はい。昨夜、弘徽殿と梅壺で物の怪騒ぎがあったそうなので、宮さまをお守りしようと思いまして」

「帝に東豎子をおおせつかったからといって、無理をしているのではありませんか？昨日宮仕えをはじめたばかりで、疲れているでしょう」

「いいえ、ちっとも」

尊子の問いに、煌子は胸をはって答えた。

「わたしの父は天文博士でしたし、二番目の兄も天文好きで、よく観測のために宿直しております。今、兄も陰陽寮で星を観測しているのだろうかと思うと、なんだか嬉しくなります」

「そうですか」

煌子が前向きに東豎子に取り組んでいるのが気に入ったのか、命婦はかわいらしい梅や桜の形の唐菓子《からくだもの》をだしてくれたのであった。

四

しんしんと夜がふけ、細い月が東からのぼってきた。

唐菓子がのっていた高坏《たかつき》はすでに空っぽだが、今のところ何もおこらない。

ただ待っているだけだと、猛烈な眠気がおそってくる。

「やっぱり承香殿にいたんじゃだめだわ！」

煌子は自分にむかって言うと、すっくと立ち上がった。

そもそも晴明がお祓いと反閇で清めたばかりの承香殿は、もっとも物の怪が出現しにくい場所である。

もっと物の怪がでやすい場所にこちらから行くべきだろう。

まずは承香殿に近く、しかも、すぐに生き霊がぬけだす女御がいる弘徽殿の様子をうかがってみることにする。

煌子は承香殿の裏手から渡殿にでて、北西にある弘徽殿にむかった。
まだ弘徽殿では人がおきているようで、御簾ごしに、人影が動くのが見える。
どうやら今夜は何もおこっていないようだ。
「本命は梅壺よね」
煌子はつぶやいた。
しかし、よく考えると、実は梅壺がどの建物なのかがわからない。
「昨日、典子さまに聞いておけばよかったわ……」
この際だから、後宮をぐるっとひとまわりしてみるのもいいかもしれない。
清涼殿の裏手にも同じ大きさの建物があったが、あれが梅壺だろうか。
それにしても寒い。
煌子はかじかむ両手に息をふきかけながら、清涼殿にむかって歩いていった。
清涼殿でも、まだおきている人がいるようだ。
美しい笛の音が聞こえてくる。
楽士が帝のために演奏しているのだろうか。
聞きほれながら歩いていると、「何者か」と、鋭い声で尋ねられた。

滝口詰所にいる警護の武者だ。

「東豎子をつとめる陰陽の君と申します。梅壺に行きたいのですが、どの建物なのか教えてもらえませんか？」

「東豎子？」

武者はけげんそうな顔をした。

「はい」

「はて、このように若い東豎子がいたかな？」

武者はじろじろと煌子を見る。

「昨日から出仕しはじめたばかりなので」

「間違いなく余が任命した東豎子だ。通してやるがよい」

涼やかな声がひびく。

清涼殿の御簾をあげて姿をあらわしたのは、笛を手にした帝だった。

「これは、失礼しました」

武者はさっと地面に膝をついて、頭をさげる。

「晴明の娘、いや、陰陽の君であったな」

帝に声をかけられ、煌子もあわてて頭をさげた。

「おさわがせして申し訳ありません。承香殿に渡られるところでしたか？」

「いや……」

帝はふっと微笑んだ。

「いろいろもの想いにふけりながら、笛など吹いていただけだ」

「そうでしたか」

帝の瞳に、どことなく寂しさがただよう。

今は亡き堀河中宮へ想いをはせていたのかもしれない。

「それで、陰陽の君はなぜここに？」

「昨夜、梅壺で物の怪騒ぎがあったと女房たちが噂しておりましたので、気になりまして」

「ああ、そうか」

こちらだ、と、帝がきびすを返して歩きはじめたので、煌子も後をおった。

五

「物の怪は珍しいことではない、とも聞きましたが」

帝の背中にむかって、煌子は尋ねた。

「その通りだ。右大臣を憎む者は多いゆえな」

さらっと帝は言う。

もしかしたら帝も右大臣のことが嫌いなのかもしれない。

ふと帝は足を止めて、ふりむいた。

「そういえば、一年半前にそなたが突然、ここにあらわれた夜も、物の怪が原因ではなかったか？」

内裏に不法侵入した夜のことをいきなり尋ねられて、煌子はひやりとする。

「はい、その、申し上げにくいのですが、弘徽殿女御さまの生き霊が、東三条殿南院にいた女房に取り憑きまして……」

「ああ、それで、生き霊を返すために女房を連れて来たと申しておったな」

「はい……。それで、その後、弘徽殿女御さまのご様子はいかがでしょうか……?」

「ときおり倒れてしまうことがある。おそらく承香殿あたりに出没しているのだろう」

「えっ!?」

「自分でもどうしようもないようなのだ」

「そうですか……」

すぐに魂が抜けてしまうなんて、なんて難儀な体質だろう。気の毒すぎる。

尊子にとっては迷惑この上ない話だが。

「それだけ主上《おかみ》への想いが深くていらっしゃるのでしょう」

「うむ……」

帝は深々とため息をついた。

唇には少し困ったような笑みをきざんでいる。

「そういえばあの頃、夢枕に立った中宮が不思議なことを申しておったな。梅壺女御は皇子を生み、国母《こくも》となる。弘徽殿女御を次の中宮とせよ、と。そして中宮の申した通り、詮子は皇子を生んだ」

「必ずしも中宮さまのお言葉通りになさることはありません。主上の御心のままになさいませ。亡き中宮さまをお忘れになれないのであれば、空位のままでもかまわないと存じます」

「そうか」

「はい」

「そなたは優しいな」

「えっ……？」

予期せぬ帝の言葉に、煌子はドギマギした。

うまれてこの方、優しいなんて言われたことがあっただろうか。

都の妖怪たちの大半をしたがえる最強の妖狐、白狐姫が。

つくづく夜でよかったと思う。

これが昼間だったら、赤く染まった顔を見られてしまうところだった。

さっきまであんなに寒くて凍えそうだったのに、まるで火がついたように身体が熱い。

「あ、あの……梅壺……そう、梅壺はどの建物でしょう？　目の前の建物ですか？」

「これは藤壺だ。そのむこうに梅壺はある」

「そ、そうですか」

「暗くて見えぬか？」

帝が右手をさしだした。

美しい白い手だ。

この手にふれてよいのだろうか。

おそれおおすぎて、さすがの煌子も一瞬ためらう。

「そら、まいるぞ」

帝はスッと煌子の手をとった。

そのまま手をひいて歩きはじめる。

「は……はい……」

あまりのことに、口から心臓がとびだしそうなくらいバクバクいっている。

煌子はふわふわとした心地で、建物を渡っていった。

藤壺を通りすぎると、ようやくその奥の建物が見えてくる。

「……これが梅壺ですか？」

煌子は立ち止まると、帝が先へ進まないように、両手で引き止めた。

「どうした？」

心臓がさらに激しく鼓動する。

今度こそ破裂するかもしれない。

目の前に、怨霊たちがずらりと並んでいたのだ。

六

十名ほどの怨霊たちが、梅壺をとりかこんでいた。

男も女もいる。

半分透き通った身体で闇の中にうかびあがっており、みな、どんよりとした目つきだ。

「何か見えているのか？」

「……怨霊です」

煌子が緊張でうわずった声で答える。

弘徽殿女御の生き霊にばかり気を取られていたが、目の前の彼らは、死人の怨霊のようであった。

内裏で亡くなった人たちの霊なのか、他の場所で亡くなった霊がここまで漂ってきたのかはわからない。

ただひとつ確実なのは、怨霊には狐火がきかないということだ。

その上、今は、帝と一緒である。

何があっても、帝だけは守らねばならない。

「今のところ、ただ立っているだけで、何もしていません。明日にでも僧侶をよんで、お経をあげてもらいましょう」

煌子は小声で言うと、そろそろと後じさりはじめた。

だが帝は動こうとしない。

「中宮はいるのか？」

亡き中宮への帝の想いに煌子は胸をうたれ、あらためて怨霊たちの姿を見直した。

「おられません」

「……そうか」

帝は寂しそうにほほえむと、煌子に手をひかれて、後じさる。

だがその時、背後から、実に間の悪い声がひびいた。

「何者か!?」

力強い男の声である。

またも武者による誰何《すいか》だ。

さすがに清涼殿の周辺は警護が厳しい。

「余だ」

帝が振り返り、短く答えると、武者は慌てて膝をついた。

「これはご無礼を!」

暗がりで、しかも遠くから見た後ろ姿では、帝だとわからなかったのだろう。

だが、この短いやりとりが、怨霊たちをざわめかせた。

(帝……?)

(おお、帝じゃ……!)

怨霊たちが一斉に動きはじめた。

「まずい……」

煌子は帝の手を握ったまま、全力で走りだした。

自分一人であれば、常闇をよんで逃げだすこともできるのだが、帝を置き去りにするわけにはいかない。

そもそも怨霊たちの狙いは帝なのだ。

「その声は綱か!?」

間の悪い声をかけてきた武者に、煌子は叫んだ。

「白狐姫!?」

名を呼ばれた武者は、渡辺綱だったのである。

「帝を清涼殿にお連れして！」

「承知した！」

帝を綱に託すと、煌子は怨霊たちに向き直った。

（帝を逃がすな……！）

（帝……！）

怨霊たちは両手を前に突き出し、髪を振りみだしながら、ズズズ、と、近づいてくる。

怨霊たちは帝に何を求めているのだろう。

思い通りの栄達がかなえられず恨んでいるのか。

それとも慕うあまり、あの世へ連れていこうとしているのか。

理由はそれぞれ違うのかもしれないが、とにかく帝を渡すわけにはいかない。

白狐姫は金の瞳をらんらんと輝かせ、怨霊たちをにらみつける。

懐からだした呪符を、怨霊たちにむかって高々とかざした。

「十二神将の名において安倍晴明の娘が命じる！　亡者どもよ、疾《と》く土に還れ！　喼々如律令！」

煌子はありったけの妖力を呪符にこめると、蒼白い狐火にのせて、怨霊の群れにたたきこんだ。

呪符一枚につき、怨霊を二、三体しか消滅させることができなかったので、同じ行為をさらに三度繰り返す。

ようやくすべての怨霊を消し去ると、煌子は力尽きて、へなへなと渡殿に座り込んだ。

「ああ、びっくりした……。内裏って、生き霊だけじゃなくて、死霊もいるのね……。当たり前だけど、すっかり忘れてたわ……」

久しぶりに全力疾走して叫び、狐火までうったので、体力も妖力もずいぶん消耗した。

清涼殿の入り口あたりから、ピシッピシッと弓の弦を鳴らす音が聞こえてくる。綱が帝を守るために、魔除けの弦打ちをしているのだろう。

「遅いよ……」

煌子はつぶやいた。

「生きているか？」

煌子の身体をあたたかな黒い羽毛がふわりとつつむ。大天狗の常闇だ。

「当たり前だ。わたしを誰だと思っている」

煌子は右腕をのばして、常闇の首にまわした。

「さすがに眠い。邸まで連れて帰って。干し棗をあげるから」

「干し棗三個ではこんでやろう」

常闇は煌子を抱え上げると、内裏の北東にある晴明の邸めざして飛び上がった。

七

常闇に抱えられて帰宅した煌子は、そのままパタリと眠りにつき、目がさめたのは昼さがりであった。

「お腹がすいたわ……」

のそのそと起きだすと、食事中の吉昌とはちあわせになる。

吉昌も宿直明けで、昼まで寝ていたのだという。

「昨夜は梅壺のあたりに落雷があったようだね」

「落雷？」

「謎の閃光と爆音がしたから、落雷ということになっている」

「ああ……」

もちろん煌子の狐火が炸裂した光と音だ。

「よりによって怨霊だったの。思い出すだけでゾッとするわ」

煌子は首をすくめる。

「あ、もしかして天文観測の邪魔だったかしら？」

「もう慣れたから平気だよ」

吉昌は笑う。

「でもこの先も東豎子として夜の見張りを続けるつもりなら、夕暮れ時に内裏へ行って、朝帰る形に決めた方がいいんじゃないかな？　出仕時間と帰宅時間が日によってばらばらだと、寝不足でいい仕事ができないよ」

ひと月の半分以上を天文観測で宿直している吉昌が言うのだから、間違いない。

「いざという時、居眠りしていたんじゃお役に立てないし、そうするわ」

「うん」

「でも、できれば、もう一人、夕暮れから朝方まで承香殿にいてくれる女房がほしいんだけど。わたしが梅壺や弘徽殿を見張っている間、承香殿が心配なの。お母様は昔、宮仕えをしていたんでしょう？」

煌子は母の宣子に、期待にみちた眼差しをむけた。

「宮仕えと言っても、わたしは書司《ふみのつかさ》で書物の整理をする、いわば裏方の仕事をしていたから、女御さまづきの女房なんてできませんよ」

「お母様がだめだと、あと頼めそうなのは黒姫さまくらいかしら。黒姫さまはすぐ気を失っちゃうから心配だけど」

「どうして保憲さまのご息女に頼まないんだ？　とても教養があって、和歌もお上手で、しかも陰陽道にも通じておられるから、すごく頼りになるんじゃないかな」

吉昌はほんのりと頬をそめながら青姫のことを推した。

前々からあこがれの女君なのである。

ただし吉平の半分も甲斐性がないので、青姫と話したこともなければ、姿を遠くから見たことすらない。

「うーん、青姫さまはそもそも外出がお嫌いだから、宮仕えなんて絶対引き受けてくれないと思うのよ。このまえの物詣だって、やっぱり来るんじゃなかった、って、ブツブツ文句を言ってたし。でもたしかに吉昌兄様がおっしゃる通り、いざという時、すごく頼りになるのよね」

なにせ晴明の上司で師匠でもあった陰陽頭、賀茂保憲の娘である。

呪文もとなえられるし、常に冷静沈着で、心強い戦力になることは間違いない。

「あなたが勝手にすすめてよいことではないでしょう？　内親王さまの女房ともなれば、いろいろ条件もあるでしょうし。まずはいつも内親王さまのそば近くにおられる方に相談してごらんなさい」

なにかと軽はずみな煌子をたしなめたのは、母の宣子だ。

「その通りね。まずは命婦さまに相談してみるわ。青姫さまをどうやって説得するかは、後でまた考えてみる」

煌子は大きくうなずくと、食事をすべてきれいに平らげたのだった。

第四話　斎院の祈り

一

その日、煌子は、太陽がだいぶ西へ傾いてから承香殿へ入った。

中納言の命婦の他に、まだ三名の女房が残っている。

「陰陽の君、お聞きになりまして？　昨夜は晴れて月もでていたのに、梅壺のあたりに雷がおちたそうですわよ」

「不思議なこともあるものですわね」

若い女房たちに言われ、煌子は思わず唇の端をひきつらせてしまう。

「……たしかに不思議ですね」

怨霊がいっぱいでたんですよ、怨霊が！と言いたいところだが、うかつなことを言うと、夜間どころか日中すらも承香殿へ出仕する女房がいなくなってしまう危険があるので、ぐっと我慢した。

「占いの結果、この怪異は、帝の亡き皇太后さまへの供養がたりないためである、とでたそうですわ」

「そういえば今日、仁寿殿《じじゅうでん》にて寛朝《かんちょう》僧正が御修法《みしほ》をおこなったとか。もしかしてご供養も兼ねておられたのかもしれませんわね」

「そうでしたか」

占いの結果を口実にして、早速、高僧にお経をあげてもらったのだろう。

帝の素早さに煌子は感心した。

「わたくしたちは、てっきり、雷は物の怪の仕業にちがいないと思ったんですけど、物の怪ではなかったんですね」

「そういえば陰陽の君は、朝まで内裏ですごされたんでしょう？　どうでした？」

かわいらしい丸顔の女房が、好奇心で目を輝かせながら煌子に尋ねる。

「ああ、幸い昨夜は、物の怪はでませんでした」

「物の怪も、あの晴明の娘には恐れをなしたのかもしれませんわね」

「きっとそうですわ」

ほほほほ、と、女房たちは品良く笑う。

「念のため、しばらくは毎日、夕刻から朝まで内裏で警戒にあたろうと思っています」

「まあ、毎晩、内裏で寝ずの番を？　それは心強いこと」

中納言の命婦が珍しく顔を輝かせた。

常にどっしりと構えているように見えるが、心の中ではやはり物の怪や呪詛を恐れていたのかもしれない。

「陰陽の君なら、もし物の怪がでても、なんとかしてくださるんでしょう？」

今度は細面の女房が、期待にみちた表情で尋ねる。

「ええと」

昨日はなんとか怨霊を十体、撃退することができたが、もっと数が増えたり、ましてや生き霊だったりしたら自信がないなぁ、という言葉が煌子の喉元まででかかった。

いや、だめだ、女房たちを安心させないと。

「もちろんです。わたくしは安倍晴明の娘ですから！　呪詛でも穢れでも、どんとこいですわ」

煌子は胸をはってみせた。

「まあ、たのもしいですわ」

「夜も安心できますわね」

若い女房たちが盛り上がっているのを、中納言の命婦も満足げな笑顔で見守っている。

だが、日没となり、灯火をともす頃になると、一人、また一人と、いなくなってしまったのであった。

結局、夜ふけまで承香殿に残ったのは、尊子、中納言の命婦、煌子と、昨日と同じ三人であった。

「力及ばず申し訳ありません。女房の方々の信頼を得て、夜遅くまで承香殿に残ってもらえるよう、もっともっと頑張ります」

珍しく煌子がしょんぼりと頭をさげたので、命婦と尊子は顔を見合わせた。

「大丈夫ですよ、陰陽の君。そなたの役目はあくまでも宮さまをお守りすること。他の女房たちのことなど、気にすることはありません」

命婦が煌子になぐさめの言葉をかけると、尊子もうなずいた。

「それに、昨夜の雷騒動も、本当はそなたが怨霊を祓うために戦ったのでしょう？　帝から今朝、内々に、事情を知らせる文をいただきました。もしかしたら陰陽の君は今日は疲れて出仕できないかもしれないが、赦してやるように、と。ですから、今日は無理をせず、早めにさがってかまいません」

「あの……はい、もったいないお言葉をありがとうございます」

煌子は恐縮して、頭をさげた。

帝は煌子に優しいな、と、言ってくれたが、本当に優しく、気配りができるのは、尊子である。

尊子はまだ今年で十七歳のはずだが、このこまやかな心遣いは、斎院としてすごすうちに身につけたものだろうか。

それとも、生来の穏やかで優しい気質が賀茂社のご祭神に愛されて、斎院に選ばれたのだろうか。

「ですが、わたしは父と母のおかげで、とびきり健やかな身体にめぐまれておりますので、今日も朝まで内裏を守る役目につかせてくださいませ」

「そうですか？　そなたがそう言うのなら止めはしませんが、物忌みの日や月のさわりの日には必ず休むのですよ」

「はい……あ、それだ！」

　煌子はふと、吉昌の言葉を思い出した。

「陰陽道の心得があり、呪詛や穢れから宮さまを守れる女房がもうひとりいたら、わたしも安心してお休みをいただけるのですが」

「心当たりがあるのですか？」

「はい。数年前に亡くなられた陰陽頭、賀茂保憲さまのご息女です。もちろん陰陽道の知識が豊富で、武術はたしなまれませんが、漢才があり、和歌も得意で、宮さまのお話し相手としてもうってつけです。あの方がわたしと交代で、宮さまを守ってくれれば、大変心強いと思うのですが、いかがでしょうか？」

「賀茂保憲の娘……というと、保胤《やすたね》の姪ですね」

　煌子の言葉に、ああ、と、命婦は思いあたったようである。

「そういえば、五節の舞姫をつとめた才色兼備の姪がいると、保胤さまから聞いたことがあります」

　意外なことに、尊子と中納言の命婦は、保憲の弟の保胤と交流があったのだ。

保胤は有名人なので、煌子も名前を聞いたことはあるが、面識はない。なんでも官僚であり、文人であり、かつ、学者でもあって、尊子の叔父である具平《ともひら》親王の教師もつとめているのだという。また、慶滋《よししげの》保胤と名をかえて「池《ち》亭記《ていのき》」という文章を書いたり、歌集をだしたりもしているそうだ。

もしかしたら青姫が漢籍や和歌を好むのは、この叔父の影響かもしれない。

「陰陽の君は、保憲の娘と親しいのですか？」

尊子の問いに、煌子は、はい、と、胸をはった。

青姫の方は煌子をどう思っているのかわからないが、煌子にとってはたった三人しかいない貴重な友人のひとりだ。

「ともに五節の舞姫をつとめた仲です。つい先日も舞姫仲間四人で、奈良の長谷寺へ物詣へでかけました」

「舞姫仲間たちと物詣？　楽しそうですね」

「実はいろいろあって、珍道中でした」

天狗にさらわれたり、大げんかになりかけたり、とても元斎院さまには聞かせられない思い出である。

「わたくしも一度くらいは物詣とやらに行ってみたいけれど……」

「まいりましょうよ！　長谷寺はちょっと遠いですけど、清水寺ならすぐに行けますよ？　あっ、でも、神様におつかえする斎院さまがお寺に参詣するのはだめですか？　伏見の稲荷社なら大丈夫でしょうか？」

「賀茂社は仏教にも寛容なのですよ。今の斎院は、毎日、亡きお父上とお母上のためにお経をあげているそうです。その点、伊勢神宮は厳しいと聞きますが」

「ではわたしもお伴しますので、今度ぜひ、みんなで物詣にまいりましょう」

「ええ」

　尊子はおっとりと微笑んだ。

「では早速、承香殿に女房として出仕してほしいと、文をだしてみますね。直接本人に頼むより、叔父の保胤さまから説得していただいた方が早いかしら？」

「説得？」

「はい。実はあの方はあまり家からでたがらないので、どう説得したものかと迷っていたのです。でも宮さまと交流のある保胤さまにお口添えいただければなんとかなりそうです」

これはいけそうだ、と、煌子は意気込んだ。

しかし尊子は、スッ、と、あきらめの表情になる。

「家から出るのを好まぬ者に、宮仕えは無理でしょう」

「いいえ、でも、きっかけさえあれば……」

「いいえ。無理はさせたくありません」

口調はやわらかだが、この話はもうなかったことに、という響きがある。

もしかして、尊子は出不精《でぶしょう》の人が嫌いなのだろうか。

しまった、余計な事を言ってしまった、と、煌子は後悔するが、出てしまった言葉は戻せない。

「でも、本当に、これ以上はないというくらい最適な人なんですよ。命婦さまも、あと一人、陰陽道の心得のある女房がいた方がいいと思われますよね？」

煌子は命婦に、助けてください、と、目で訴えかけた。

「そうですね……。まあ、もう一人、陰陽道の心得のある女房がほしいという陰陽の君の話にも一理ありますから、誰か良い人がおらぬか、さがしておきましょう」

「えっ、でも……」

「この件はわたくしが預かりますから、陰陽の君はもう忘れてかまいませんよ」

命婦からきっぱりと言いわたされて、煌子はひきさがらざるをえなかったのである。

二

蔀戸《しとみど》とよばれる重い格子を背にして縁側に座り、煌子は夜空を見上げた。

まだ月は見えない。

「陰陽の君」

妻戸《つまど》をあけて、中納言の命婦がでてきた。

「お菓子はいかが？」

煌子の前に置かれた高坏には、椿餅がのっている。

「椿餅！　ありがとうございます」

煌子は遠慮無く、椿餅をひとつ手にとると、餅の上下に飾られている椿の葉をとって、パクリと半分かじった。

「この味は甘葛煎《あまづらせん》ですね！　しかもたっぷり使われていて、ぜいたくな甘さです。さすが宮中の椿餅」

思わず煌子の頬がゆるむ。

安倍家でも、兄たちが蹴鞠《けまり》をした日などには母が椿餅をつくってくれるが、希少な甘葛煎は入っていてもごく微量である。

「そろそろお腹がすく頃であろうから、何かだしておやり、と、宮さまが仰せになったのですよ」

「えっ、宮さまが!?　ありがとうございます」

わざわざ煌子の空腹の心配までしてくれるなんて、本当に気配りができる人だ。

「眠くなったら無理をせず内裏からさがってもよい、とも仰せであった」

「ありがとうございます。わたしは宮仕えって初めてなのでよくわからないのですけど、高貴な方々って、普通、そこまで自分に仕えている者たちのことなどお気になさらないものかと思っていました。本当にこちらの宮さまは……」

いや待てよ、と、煌子ははっとした。

ひょっとして、帝がお決めになったことだから仕方なく煌子の出仕を受け入れているが、心の中では迷惑に思っていたりするのだろうか。

「あの……わたし、言葉の裏を読むとか全然できないんですけど、もしかして、無理をせず帰ってもよい、というのは、遠回しに、迷惑だから早く帰れと言っておられるのですか？」

　煌子はおそるおそる命婦におうかがいをたててみる。

「そのようなことはありませんよ。いくら宮さまが気配り上手でも、早く帰らせたい者に椿餅をふるまったりはしません」

「そうですか。よかった」

　命婦の言葉に、煌子はほっとして、二個目の椿餅に手をのばした。

　やはり上品な甘さがたまらない。

「そういえば宮さまは、他の女房の方々にも、無理はしないでもいいって言っておられますものね。いつもまわりに気配りをされているから、口癖になっておられるのかしら？」

「そうですね……」

　命婦は声をおとした。

「賀茂斎院としてのお育ちのせいかもしれません。斎院の役目は知っていますか？」

「えっ、役目？　神様を祀ること……ですか？」

「そうですね。賀茂社はこの平安京の北東に位置し、ご祭神である賀茂別雷《かもわけいかづちのかみ》神が雷のような神威をもって皇城の鬼門の守護を司っています」

百七十年ほど前のこと。

都で大きな騒乱がおこった時、嵯峨《さが》天皇は、京の都を守護する賀茂社の大神に、「神迎えの儀式に奉仕する阿礼乎止売《あれおとめ》として皇女を捧げる」と約束したのだ。

そして無事に乱を鎮定した後、嵯峨天皇は誓いを守り、当時四才だった有智子《うちこ》内親王を神に捧げた。

これが賀茂斎院のはじまりである。

その後、伊勢神宮の斎宮にならい、未婚の内親王から斎院が選ばれ続けている。

都が災厄や災害におそわれることがありませんように。

都の人々が平安でありますようにと神に願いながら。

「宮さまは、わずか三歳で神祇官《じんぎかん》の卜占により斎院に選ばれたため、ご家族からはなれて、初斎院での潔斎《けつさい》生活に入られました。まわりじゅうが大人、そして他人です。

お母様に甘えることも許されず、常に斎院として、都と都の人々の平安を願いながらお育ちになりました。まわりの人たちの平安を願う一方で、ご自身の希望や意思などを仰せにならないのは、その特別なお育ちのせいかもしれません」

「三歳で……」

あの美しい宮さまのことだ。

幼い頃は、さぞかし愛らしい姫君だったにちがいない。

父帝も母君も、たいそうかわいがられたことだろう。

だが三歳のある日、突然、人生が一変する。

見たこともない場所に連れてこられ、大勢の大人たちにかしずかれる。

どれほどつらく、寂しい毎日だったことか。

きっと母のもとに帰りたいと泣いて懇願《こんがん》したことだろう。

だがどんなに泣いても、叫んでも、その願いはかなえられなかったのだ。

幼い斎院は、いつしか、自分のことをあきらめ、都の平安だけを願うようになった。

それが神に捧げられた自分の存在理由なのだから。

「宮さまがようやく斎院を退下することが許されたのは、十歳の時。母君が亡くなられた時でした」

「お母様の最期には……会わせてもらえなかったはずです」

「死は穢れですから、会わせてもらえなかったはずです」


十歳の少女は、やはり自分の願いはかなわないのだと、思い知らされたのかもしれない。

「……そう言われてみれば、帝から、宮さまを守ってほしいと言われて東豎子になりましたが、宮さまご本人からは、守ってほしいとも、ほしくないとも言われていない気がします……」

もちろんこの数日間の尊子の言葉をすべて正確に記憶しているわけではない。

だが、思い出せるのは、無理をするな、という、ねぎらいの言葉ばかりだ。

幼い頃から斎院として育てられたため、みんなの平安を願い、決して無理させぬように心を砕くのが習慣になってしまっているのだろうか。

それとも常に自分が無理を強いられてきたから、周囲の者たちをこんな目にはあわせたくないと思ってしまうのだろうか。

「あの、保憲さまのご息女のことですけど、本当のところ、宮さまはどう思っておられるのでしょうか？」

「むろん、本心では女房に迎えたいと考えておいでのはずです。保胤殿にはわたくしから頼んでみましょう。そなたは物の怪や呪詛から宮さまを守ることだけを考えてくれ」

「はい」

そうだ、あれこれ考えることは性に合わない。

今は自分にできることをやろう。

煌子は大きくうなずく。

「椿餅をありがとうございました。今夜も内裏の見回りにいってまいります」

三

その夜は、まだ行ったことのない、内裏の北東側を見回ることにした。

梨壺《なしつぼ》から桐壺《きりつぼ》にかけての一帯である。

このあたりは清涼殿から遠いためか、あまり使われていないようで、ほとんどの建物が暗く、ひとけがない。

時おり、死霊がぼんやりとたたずんでいたり、ふわりと通りすぎていったりするが、特に害はなさそうだ。

放っておいてもかまわないかな……。

煌子がきびすを返し、承香殿にもどろうとした時、「助けて！」という女性の悲鳴が聞こえてきた。

怨霊か!?

煌子は悲鳴が聞こえた方角をめざして走った。

だがそこにいたのは、怨霊ではなく、黒ずくめの男たちだったのである。

十名ほどはいるだろうか。

黒ずくめといっても、那智の天狗ではない。

ましてや公卿でもない。

「誰か！」

さきほどの女性の悲鳴がふたたび聞こえる。

暗がりに目をこらすと、男たちのうちの一人が女房とおぼしき女性に刃をつきつけ、高価な綾錦《あやにしき》の装束をはぎとろうとしていたところだった。

他の男たちは螺鈿細工《らでんざいく》をほどこした漆塗りの調度品や、絹の反物《たんもの》などを両腕にかかえている。

「えっ、盗賊!?　宮中に!?」

貴族の邸に盗賊が入った、という話はしばしば聞くが、不敵にも内裏に盗みに入る者たちがいるとは。

「見られたぞ！」

盗賊の声に煌子は驚いて立ちつくし、警護の武者をよびにいくべきだろうかと迷う。

しかし盗賊たちの方は迷わず、煌子にむかって刀をふりかざしてきた。

煌子はかろやかな身のこなしで、ひらりと屋根まで跳び上がる。

生身の人間と戦ったことはないが、やれることは一つしかない。

右手に妖力を集め、蒼白い炎を燃やす。

「ハッ！」

右腕をしならせ、おもいっきり大きな狐火を地面にむけてたたきこんだ。

ドーンと派手な炸裂音が響き、爆風で盗賊たちがふきとばされる。

さすがに直接、盗賊たちに狐火をはなつのは容赦してやったのだが、みな地面や建物にたたきつけられ、うめき声をあげた。

骨折くらいはしたかもしれない。

「こんな時、天狗の羽団扇があったら、全員まとめて吹き飛ばしてやれたのに」

のたうちまわる盗賊たちを屋根の上から見おろして、煌子は舌打ちした。

「まったくだ。早くあいつから取り返せ」

煌子の傍らでは、常闇が大きな黒い翼を広げている。

「道満のやつ、もう一年半も探しているのに、ちっとも会えないのよ。たまに名前は聞くから生きてはいるはずなんだけど、いったい何をやってるのかしら」

ブツブツ言いながら、煌子は懐から干し棗をひとつとりだした。

「綱を探して、ここに来るように伝えてもらえる？　こいつらを捕縛してもらわないと」

「あいつか」

常闇は面倒くさそうに舌打ちしながらも、干し棗をぱくりと口に放り込み、飛び立っていった。

　しばらくののち、綱が同僚の武者たちとともにかけつけてきた。

「遅いわ、綱！　凍え死ぬかと思ったじゃない」

　煌子は屋根からとびおりて、綱に文句を言う。

「申し訳ありません。実は校書殿《きょうしょでん》のあたりでボヤさわぎがありまして、消火を手伝っておりました」

「えっ、火事!?」

「すぐに消し止めたのですが、場所が場所だけに大騒ぎでした」

「校書殿といえば清涼殿のすぐ南ですものね。ボヤですんでよかったわ」

「もしかしたら、こやつらが校書殿に人目を集めるために放火をしたのかもしれません。内裏もなかなかに物騒な場所ですので、姫さまも十分ご用心ください」

　綱はうやうやしく一礼すると、盗賊たちにむかっていった。

「呪詛に生き霊、死霊に盗賊、その上、放火。たしかにとびきり物騒な場所ね」

「さっさと帰って寝ましょうよ」

　煌子の手の中から、白くふわふわした菅公の顔がのぞく。

綱を待っている間、ずっと菅公の毛皮で手をあたためていたのだ。

「そうね。でも承香殿の様子をのぞいてから帰るわ。ボヤ騒ぎで、宮さまも不安になられているかもしれないから」

煌子は菅公に言うと、足早にもどっていった。

四

承香殿の近くまでもどると、あたりにはまだ、うっすらと白い煙がただよっていた。

綱はボヤだと言っていたが、それなりにものが燃えた臭いがするし、真夜中だというのに、周囲には文官、武官が集まり、かなりの騒動になっている。

しまった、承香殿から離れるのではなかったと後悔するが、もう遅い。

「ご無事ですか!?」

煌子がいきおいよく承香殿の妻戸をあけると、予期せぬ人物の姿が目にとびこんできた。

「うん、大事ない」

白い夜着姿の帝が御帳台《みちょうだい》のある寝所から出てきたのだ。

かたわらには尊子もいる。

「えっ!?　あっ、失礼しました！」

まさか帝が承香殿にお渡りだとはつゆ知らず、うっかり邪魔をしてしまった。

煌子は慌てて、縁側にとびだす。

すると、背後の妻戸がすっとあいた。

「余はそろそろ清涼殿へもどるゆえ、宮を頼む」

「えっ!?」

いきおいよく煌子が振り返ると、長い髪が帝の頬にあたってしまう。

「申し訳ありません！」

煌子は真っ青になって、ひたすら陳謝《ちんしゃ》した。

「かまわぬ」

煌子が赤くなったり青くなったりするのを、帝はおもしろそうに笑いとばす。

「校書殿で火がでたので、ここも危ないから宮を避難させようと、急いで清涼殿から
かけつけたのだ。ところが宮が腰をぬかしてしまって、余にひとりで逃げよと言うか

ら、そうはいかぬと押し問答をしているうちに、火が消えてしまった」

「申し訳ありません、宮さまのおそばをはなれたわたしの失態です」

「悪いのは火をはなった連中だ。陰陽の君には何の責任もない」

「火をはなったとおぼしき盗賊たちは、さきほど武者たちによって捕縛されましたのでご安心を」

「陰陽の君がとらえてくれたのであろう？」

「え？」

「ずっと屋外にいたことが、この冷えきった髪でわかる。ご苦労であった」

帝は煌子の髪を、そっと長い指で梳《す》いた。

帝の夜着にたきしめられた香りがほのかにただよってくる。

「……はい」

煌子が小さくうなずくと、帝は満足げに微笑んだ。

「主上！　こちらにおられましたか！」

かけつけてきた蔵人頭が帝を見つけて、声をかけた。

「うん。清涼殿はもう落ち着いたか？」

「は」

「では戻ることにしよう」

さわやかに微笑むと、帝は蔵人頭とともに立ち去った。

「陰陽の君」

寝所にいる尊子からよばれて、煌子はビクッとする。

「は、はい」

おそるおそる妻戸をあけて中へ入った。

よく見たら、尊子は夜着ではなく、清らかな柳襲《やなぎがさね》の細長《ほそなが》を重袿の上にはおっている。

まだお休みではなかったのか。

「こちらへ」

「はい」

煌子がそば近くまで行くと、尊子が白い手をのばし、煌子の髪にふれた。

「本当に冷たい……」

帝の声が聞こえたのだろう。

「無理をさせてしまったのですね」

悲しそうに目を伏せると、長いまつげが濃い影をおとす。

「いいえ、まったく無理などしておりません」

「でも」

「わたしが白いイタチを式神としていることはご存じの通りですが」

煌子は懐から菅公をだして尊子に見せた。

「この菅公を懐にいれておけば、とてもあたたかいので、一刻や二刻、外にいても、どうということはありません。さわってごらんになりますか?」

「まあ」

女御はひとさし指の先で、おそるおそる菅公の額にふれた。

「本当にあたたかな……」

「この子がいれば火鉢《ひばち》いらずです」

「そうだったのね」

尊子が四本の指をそろえてふわふわの背中をなでると、菅公は気持ちよさそうに目を細めた。

「宮さま、わたしは無理はしません。というか、できません。自分のできることを頑張るだけです」

「……本当に？」

「東豎子として出仕しているのも、決して無理をしているわけではありません。むしろ、父、安倍晴明より、さまざまな呪文や呪符、祓えや占いを教授してもらったのに、女であるがゆえに陰陽寮につとめることができず、ずっと残念だったのです。ですから今回、宮さまをお守りする役目をいただいたこと、とても嬉しく思っております」

「……そう、なの？」

「ですから、わたしのことは、どうぞご心配なく」

煌子はピンと背筋をのばして、高らかに宣言する。

「……わかったわ」

尊子は少しおどろいたように目をみはると、おっとりと、花のような笑みをうかべたのであった。

第五話　庚申歌合《こうしんうたあわせ》の怪異

一

煌子が東豎子として宮仕えをはじめて八日目。

まだまだ慣れないことばかりだが、とりあえず、主な殿舎の名前は一通り言えるようになった。

怨霊は清涼殿、弘徽殿、梅壺あたりに集中して出現する。

毎晩、見かけるたびに片っ端から倒しているのに、なかなか任務完了とはいかないものだ。

この日も、いつものように夕暮れ時に参内したのだが、なぜか後宮のどの殿舎も妙に人が多く、バタバタと騒がしい。

承香殿でも、女房たちがまだ五人も残っていた。

「今夜は清涼殿で帝主催の庚申歌合《こうしんうたあわせ》がありますから、陰陽の君も出席なさいませ」

命婦に言われて、煌子はぎょっとした。

「歌合……とは、和歌の会ですか!?」

「ええ。もしかして漢詩の方が得意でしたか？」

「いえ、そういうわけでは……」

実はどちらも苦手である。

道教によると、干支《えと》が庚申《かのえさる》の夜、人が眠ると、体内から三尸《さんし》という虫が抜けだして、天帝《てんてい》にその人の罪を告げ口してしまうという。

そこで、三尸を体内からださせないために、庚申の日、貴族たちはみな、歌を詠んだり楽器を演奏したりして、にぎやかに徹夜するという習慣があった。

ただ、安倍晴明の一家だけは、干支にかかわらず天文観測をして朝まですごすことがしばしばあるので、庚申だからといって特別なことはしないのだ。

「油断してたなぁ。物忌みということにして休めばよかった」

煌子がため息をついていると、丸顔の女房が承香殿にかけこんできた。

「大変です、宮さま。梅壺と弘徽殿では、それぞれ女房たちにそろいの装束を着せるようです！」

血相を変えたのは命婦だ。

「帝からは略式の遊びゆえ、大げさな支度は不要と言われているのにですか!?」

「梅壺と弘徽殿で示しあわせて、宮さまに恥をかかせようとしているのですわ」

若い女房たちに動揺が広がる。

「わたくしはともかく、そなたたちに恥ずかしい思いをさせるわけにはいかないわ。気分がすぐれないから、歌合には参加できないとお伝えして」

尊子が伏目がちに言うと、女房たちも仕方ないといった様子でうなずく。

こういう嫌がらせはよくあるのだろう。

「お待ちくださいい。何とかなるかもしれません」

煌子がすっくと立ち上がった。

すっかり日が落ちて、暗くなった頃、数多くの女房たちが続々と清涼殿の西廂《にしびさし》に集まった。

梅壺女御も、弘徽殿女御も、女房たちにおそろいの装束を用意して美しく着飾らせ、御簾の下からわざと袖口と裾をだす打出《うちいで》にしている。

小庭をはさんだ後涼殿の観客たちに見られているということを意識してのことだ。梅壺側の女房たちはもちろん紅梅《こうばい》の紋様が織りだされた唐衣でそろえているが、あらかじめそれを見越したであろう弘徽殿の方は、はれやかな花山吹《はなやまぶき》に立涌《たてわく》文様の唐衣でそろえている。

片や右大臣兼家の娘、もう一方は関白頼忠《よりただ》の娘。

表面的にはどちらの女房たちも笑みをうかべているが、大変な緊張感だ。

特に梅壺女御と弘徽殿女御の間には、バチバチと火花が散っている。

これに対して、承香殿の女房たちは皆、それぞれ異なる色の唐衣だが、重袿だけは白・白・ごく淡い紅・淡紅・紅の四色による紅《くれない》の薄様《うすよう》で統一していた。

決して装束をそろえる力が承香殿になかったわけではなく、あくまで梅壺と弘徽殿の争いとは一線を画しているという姿勢を示したように見せたのである。

実はこの重袿は、煌子が急きょ、綱を走らせて、黒姫から借りてきたものだ。

黒姫が伊賀暮らしの間、袿を作りすぎたと言っていたのを思い出したのである。

承香殿の面目を保ててほっとした命婦に、煌子は今夜は歌をよむふりだけでよいと言ってもらえたのだった。

黒姫のおかげですっかり気軽な立場である。

煌子は、梅壺側の女房たちの中に、紅式部の姿を見つけた。

あやうく声をかけそうになるが、紅式部に視線をはずされて、はっとする。

そうだ、あらぬ噂をたてられぬためにも、自分たちが友人であることは、人前では内緒なのだった。

「みなそろったか？」

中央におかれた椅子に帝が腰をおろすと、お題が発表され、その場で全員が一斉に歌を考えはじめる。

正式な歌合では、歌をよみあげる講師《こうじ》や、講師まで歌をはこんでいく者、歌を判定する判者《はんじゃ》などが手配されるのだが、今回はあくまでもにぎやかに徹夜を楽しむのが目的なので、自分の歌は各自がよみあげ、判定は帝が決める略式でおこなうという。

紅式部も筆をとって、顔をしかめながら、なにやら紙に書きつけている。

本来、歌合は二手にわかれて競うものだが、いかんせん、今回は二手にわけるのが難しすぎるため、三組で競い合うことになった。

といっても、当然、白熱するのは弘徽殿と梅壺の戦いで、承香殿は最初から勝負を放棄している。

承香殿の女房たちは、弘徽殿と梅壺の戦いに巻きこまれたくないせいか、ひかえめでおとなしい歌ばかりだ。自分の歌の才を披露しようとか、ましてや勝利をおさめようといった意気込みはまったくない。

煌子にいたっては、筆を持つことすらしていないていたらくである。

だがそんな承香殿の女房たちの中で、一人だけさらさらと歌をよんだ者がいた。

幸菱文《さいわいびしもん》のさわやかな柳の唐衣は、決して派手ではないが、理知的な雰囲気をかもしだしている。

檜扇で顔を隠しているが、あの体型は細面の女房だろうか。

「それでは次の題は、春風にしよう」

春、梅、鶯《うぐいす》などの定番のお題が一巡した時だった。

「承香殿の、そちらの者」

「はい。さよちどり……」

指名をうけて、詠《よ》みあげはじめたその声を聞き、煌子ははっとした。

「青姫さま!?」

煌子とほぼ同時に声をあげたのは、紅式部である。

「お静かに」

中納言の命婦に低い声でたしなめられて、煌子はぺこりと頭をさげた。

(どういうことですの!?)と、紅式部が視線で問いかけてくるが、煌子もまったく知らされていなかったので、(わからないわ)と首を横にふるしかない。

「さよちどり　はねうつなみの音すなり　夜はの春風こほりとくらし」

青姫本人は二人を完全に無視して、淡々と和歌を詠んでいる。

だがもちろん、命婦が保胤に頼んでくれたに違いない。

知らずしらずのうちに、煌子の顔がほころぶのだった。

二

青姫の歌は帝から高い評価を得たものの、やはり気合いみなぎる梅壺方と弘徽殿方の総合力はすさまじかった。

「こたびは梅壺の勝ちといたそう」

帝の判定で勝負がつき、歌合は終了する。

弘徽殿女御やその女房たちはかなり悔しかったようだが、さすがに帝の判定に文句をつけたりはできない。

その後は、勝利の舞や楽師による演奏が続き、宴席となった。

様々な酒の肴《さかな》がのったお膳がはこばれてくる。

各地から届けられた魚介の干物や、雉《きじ》の肉など、珍しい食材も多い。

妖狐の嗅覚は特別なので、どれが美味しいかすぐに選り分けられて便利だ。

だがその前に。

「青姫さま！」

煌子は旧友のそばによる。

「ここでは落ち着いて話せませんから、ちょっと抜けだしませんか？」

煌子は青姫をさそって、常寧殿へむかった。

清涼殿からは少しだけはなれているが、そのぶん静かである。

「常寧殿はほとんど使われていないから、内緒話にもってこいなのよ。紅式部が教えてくれたの」

「なつかしいわね」

青姫は珍しく目もとをほころばせて、暗がりにたたずむ常寧殿を見まわす。

「まさか青姫さまとも、もう一度ここに来られるなんて。宮さまの女房として出仕してくださるの？」

「女房づとめは無理ですけど、たまに和歌の話をしに来るくらいなら……」

「ありがとう！　青姫さまが宮さまのそばについていてくださるだけで、とても心強いわ」

「仕方がありませんわ。叔父の保胤から、宮さまはとてもお優しくて清らかだけど、お寂しい方でもあるから、ぜひ行ってさしあげなさい、と、強引にすすめられましたの。叔父は宮さまとお目にかかったことがあって、観音様の生まれ変わりにちがいないなんて絶賛していますわ」

「斎院として神様におつかえしていた宮さまが、観音様の生まれ変わり？」

なかなか大胆な発想だな、と、煌子は驚いた。

「叔父は仏教の研究をしていて、宮さまにも、仏の教えについて熱心にお話ししていたみたい」

「おもしろい叔父様ね」

「そうそう、あなたのお兄様からも熱心な文が届きましたわ。ぜひ賀茂家直伝の陰陽道の知識をいかして、妹を助けてやってほしい、って」

「知らなかったわ。下の兄かしら？」

「びっくりするくらい歌が下手な方のお兄様」

「待って、上の兄も青姫さまに恋文を送ったことがあるの!?」

「すごく慣れた感じの歌だったわよ。返事はだしてないから安心して」

「……そ、そう」

　安心していいのだろうか。

　煌子は首をかしげながらも、いったん置いておくことにする。

「あと、紅式部さまからも」

「え？」

「白姫さまが慣れない宮仕えで苦労しているけど、自分は立場上、表だって助けることができないから、って、こっそり文をよこしましたのよ」

「紅式部が……？」

「なお、兄が今、太宰府《だざいふ》に赴任しているから、もし必要な書物があれば宋《そう》から取り寄せることもできる、とも書いてありましたわ。このわたくしを本でつろうなんて、実にあざといやりくちですわ」

青姫はくやしそうに唇をとがらせた。

「紅式部がそんなことを?」

「実際に効果てきめんでしたわね」

いきなり声をかけられて、二人が顔をあげてふりかえると、暗がりの中で、あでやかな装束の女房がにっこりとほほえんでいる。

「紅式部!?」

「二人がこっそり抜けだすのが見えたから、きっとここだと思いましたわ」

紅式部がたもとからとりだした紙をひろげると、中には色とりどりのきれいな唐菓子が入っていた。

さっきの宴席から持ち出したのだろう。

ごま油のいい匂いに鼻腔をくすぐられ、煌子はさっそく一個つまんで口にはこんだ。

もちもちした食感と上品な甘さがたまらない。

「でもわたくし、白姫さまには本当に感謝していますのよ。梅壺のまわりにたむろしていた気持ちの悪い怨霊たちが、目に見えて減っていったんですもの。あなたが退治してくださってるんでしょう？」

紅式部も唐菓子をつまみながら尋ねた。

「そういえば紅式部には見鬼《けんき》の能力があるんだったわね。梅壺って、まえからあんな感じなの？」

「そうでもありませんわ。最近急に増えた気がします。理由はわかりませんけど」

承香殿の呪詛と関係あるのだろうか？

いや、それならば承香殿の周囲にでるはずだ、と、煌子は思い直す。

「梅壺の怨霊って、もしかして、あんな感じかしら……？」

青姫の言葉に、煌子はぎょっとして、視線の先をたどる。

いた。

おそらく壮年の公卿だが、半透明の身体にまとう束帯はボロボロに乱れ、おちくぼんだ眼窩《がんか》から血をだらだら流している。

重い身体をずるりずるりとひきずりながら、一歩、また一歩と、清涼殿へ近づいていく。

煌子たちには興味がないのか、それとも気づいていないのか、まったくこちらを見ようともしない。

「もう、毎晩こんなのばっかりで嫌になりますわ！」

紅式部は声をひそめて言うと、煌子からもらった退魔の呪符をぎゅっと握りしめる。

「清涼殿へむかっているようですわね。もしやあれが有名な藤原元方《もとかた》の怨霊かしら？」

青姫も眉根をよせた。

元方は、帝の父帝の第一皇子を産んだ更衣《こうい》の父親だが、第二皇子でありながら世継ぎとなった先帝と、その母方の祖父である藤原師輔《もろすけ》の子供や孫たちを祟り続けていることで有名な怨霊である。

先帝が即位後わずか二年で譲位し、上皇となってからも、住まいである冷泉院《れいぜいいん》では、元方のしわざだと思われる物の怪の噂が絶えないのだ。

「わからないけど、とにかく行ってみましょう」

煌子と青姫はうなずきあうと、清涼殿にむかって走りはじめた。

「こんなところに置いていかないでくださる!?」

紅式部も涙目で二人のあとをおいかける。

長袴に裳をひきずる二人にくらべ、指貫の煌子は圧倒的に速い。

煌子が追いついた時、怨霊は清涼殿の東の庭から、殿上の間にズルズルと這い上がろうとしているところだった。

まるでなめくじのような動きだ。

煌子が懐から封印の呪符をとりだし、かまえる。

だがまさに封印しようとした瞬間、怨霊の半透明の姿を見失ってしまった。

三

「消えた……？」

煌子はあたりをきょろきょろと見回した。

（帝……わしの願いを忘れてしまわれたのか……）

はなれた場所から聞こえてきたのは、しわがれた老人の声だ。

一拍遅れて、女性たちの悲鳴がひびく。

「クッ」

怨霊は瞬時に、宴会がひらかれている西廂に移動したらしい。

「失礼します！」

煌子も殿上の間をつっきって、西廂に走った。

本来なら昇殿の許しのない者は決して入れない場所だが、緊急事態だ。

（帝……なぜ……あれほどお願いしたのに……）

怨霊は女童《めのわらわ》に取り憑き、帝にむかってずるずると這っている。

霊を見る見鬼の能力がない者たちも、女童の小さな身体から低くしゃがれた男の声が聞こえるので、すぐに状況をさとった。

這いずる女童は、表情もうつろである。

「物の怪……？」

「物の怪ですわ！」

みな一斉に、憑依された女童からはなれる。

（なぜ兼家を……右大臣になさった……）

女童が小さな手をつきだして、帝の白い御引直衣の裾をつかもうとした。

「そちは何者か!?」

気丈にも帝は怨霊に尋ねる。

(帝……わしは、あなたの伯父……藤原兼通《かねみち》……)

「関白か!?」

帝は驚き、椅子から腰をうかせた。

前の関白、藤原兼通。

帝の生母、藤原安子《やすこ》の兄であり、堀河中宮の父でもある。

「伯父上さま!?」

同じく蒼ざめて驚きの声をあげたのは、梅壺女御である。

(おまえが……兼家の娘の……詮子か……!)

「…………!」

詮子は自分の口を両手でふさいだが、もう遅い。

兼通に憑依された女童の口から、ヒュゥウウウ、と、奇怪な音がもれ、強烈な腐臭がただよう。

兼通は生前、兄である伊尹《これまさ》とひどく仲が悪く、伊尹が摂政、太政大臣として政権を担っていた間は冷遇され、弟の兼家に昇進で先をこされるという屈辱を味わった。兄の死後、関白となった兼通は、それまでの仕返しに、弟兼家を一切昇進させなかった。

しかし兼通の病が重篤《じゅうとく》となり、死を覚悟した時、兼家の牛車が、兼通の住む堀河殿《ほりかわどの》へとむかってきたのだ。

臨終にあたり別れの挨拶にきた弟を、兼通は受け入れるつもりで、身の周りを片付けさせていた。

ところが兼家の牛車は、堀河殿を素通りし、内裏へとむかっていったのである。

（ゆるさぬぞ……兼家のわしへの仕打ち……。あやつへの怒りで、この世によみがえったのだ……。おまえとおまえの産んだ子も、連れていってやる……）

兼通の怨霊は、詮子にむかってニパッと嗤《わら》った。

「あ……あの時、父は、伯父上さまがすでに亡くなられたものと勘違いして……」

詮子はブルブル震えながら、かすれ声で言い訳をした。

しかし勘違いとはいえ、弔問もせず、関白の後任はぜひ自分にと帝に言上するために内裏へ向かったのだから、兼通の怒りがおさまるはずもない。

(ゆるさぬ、ゆるさぬぞ兼家……。まずは、娘のおまえを死なせて、兼家に自分の罪深さを思い知らせてやるのだ……)

「あ……ああ……」

詮子は腰をぬかし、逃げだすこともできない。

(む……？)

女童に憑依したかつての関白は、今にも詮子の首にとどきそうだった手を止めた。

(……伊尹の臭いをまきちらす者がいるな……)

女童はフンフンと鼻をならしながら、今度は尊子の方へ這っていった。

(おまえ……伊尹の、孫だな……)

尊子は恐ろしさのあまり、身じろぎひとつできない。

(もとはといえば、伊尹のせいでもある……。おまえも来い……)

兼家の娘のように言い訳をすることもできず、凍り付いている。

だが、その大きな瞳が何かを探して動いた。

「白姫！」

ようやく追いついてきた青姫が、煌子の名をよぶ。

煌子ははっとして、退魔の呪符をかざした。

「十二神将の名において安倍晴明の娘が命じる！　怨霊よ、疾くここより去れ！」

女童にむかって呪符をたたきつける。

（う……うう………）

女童は苦しみはじめた。

兼通の怨霊が半分ぬけだしている。

女童の身体を捨てて、他のよりましにうつろうとしているのかもしれない。

「青姫は宮さまを、紅式部は梅壺女御さまをお守りして！」

青姫は無言でさっと尊子の前に立ち、手で印を結んだ。

だが紅式部には陰陽道の心得がまったくない。

「わたくし……!?」

わたくしにどうしろというのよ、と、思ったのだろう。

だがやぶれかぶれで、紅式部は女主人に抱きついたのである。

「女御さま、わたくしが手に持っているのは、安倍晴明が書いたお守りの札でございます！　お心を強くおもちくださいませ！　皇子さまのためにも、怨霊になど負けてはなりませぬ!!」

「そ、そうね……」

詮子も、紅式部の背に手をまわし、強く抱き合った。

退魔の呪符によって女童の身体からおいだされてしまった兼通は、おちくぼんだ眼窩から血を流しながら、忌々しそうに煌子をにらみつける。

（おのれ……晴明の娘め……わしはあきらめぬ。このまま兼家をのさばらせたりはせぬぞ……！）

憎々しげに呪いの言葉を吐くと、スッと清涼殿から姿を消した。

「消えた……！　怨霊が消えましたわ、女御さま！」

紅式部が声をあげる。

怨霊に憑依されていた女童は、ぐったりと倒れ伏しているが、呼吸は正常だ。

「もう大丈夫です。念のため、この子は薬師にみてもらってください」

「そうか」

帝はどっかりと椅子に腰をおろした。

手すりにひじをつき、額をおさえる。

「怨霊がでるのはよくあることだが、まさか前の関白とは……」

しみじみと息を吐いた。

「助かったぞ、陰陽の君」

「お役に立てて幸いです。あとの祓えなどは、陰陽師をお召しくださいませ」

「うむ。晴明をよぼう」

帝は早速、蔵人をよんで指示をだした。

「しかしこの騒動では、誰も居眠りをするどころではなかったから、三戸も天帝のところへのぼれなかったであろう。それだけが救いだな」

涼やかな声で帝が言うと、すっかりおびえていた女房たちの表情がほぐれる。

「物の怪には驚きましたけど、みな無事でなによりですわ」

「そろそろ夜もあけますわね」

青姫が御簾の外をながめて言った。

「あら、明るいと思ったら、雪ですわ」

「まあ、本当ですわね。雪が積もらないうちにさがらないと」

無事に庚申の夜を乗り切った安堵感が、女房たちにひろがる。

「ではまた六十日後に次の勝負を」

「わたくしも局に戻って休みます」

女房たちは三々五々、清涼殿からさがっていった。

雪が少しずつ、庭や屋根を白くおおっていく。

煌子もそろそろ邸にもどろうと思った時、蔵人頭が急ぎ足であらわれた。

「院の女御さまが、さきほど東三条殿にて急死されたそうです」

「なに!?」

院の女御というのは、上皇に入内した詮子の姉の超子《とおこ》のことである。

「姉上が？　何かの間違いでは……」

詮子はとても信じられないという顔である。

「あちらでも庚申待《こうしんまち》で、みなおきておられたのですが、ふと見ると、女御さまが脇息《きょうそく》にもたれたまま息をひきとられていたとか」

「老人ならまだしも、院の女御はまだ三十歳にもなっておられぬであろう。そのような話、聞いたこともないぞ」

帝が眉をひそめた。

何らかの持病があったのだろうか。

詮子は姉の訃報を疑いつつも、とり急ぎ、内裏から退出したのであった。

第六話　怨霊の正体

一

歌合の翌日。

煌子が目をさましたのは、だいぶ陽もかたむいてからだった。

重い身体をひきずりながら四方を壁で囲われた塗籠《ぬりごめ》の寝所からでると、庭先から、馬の蹄の音が二頭分聞こえてくる。

「雪のせいで道がずいぶんぬかるんでいましたから、お召し物が汚れてしまったのではありませんか？」

吉平の明るい声がした。

今日は馬ででかけたらしい。

だがこの丁重な言葉遣いからして、もう一頭に乗っているのは吉昌ではなく、陰陽寮の上司か先輩だろう。

これは塗籠に戻って寝直した方がいいだろうか、と、煌子が大あくびをしながら考えた時。

「姫にお目にかかれるのなら、装束くらい泥まみれになってもどうということない」

道長の声がしたのである。

驚きのあまり、煌子の三角の耳がピンと立つ。

右大臣兼家の息子、道長がなぜここに!?

煌子は耳を疑ったが、とにかく道長は自分に会う気まんまんのようだし、夜着のままではまずい。

間に簾や几帳をはさむとはいえ、何かのはずみで、こちらの格好がすけて見えないとも限らないからだ。

「お母様、小袿をだして！　あと表着もいるかしら!?」

「どうしたのです、騒々しい」

「吉平兄様が道長さまをうちに連れてきたみたい！」

「なんですって!?」

宣子に手伝ってもらい、煌子は大急ぎで装束を着込んだ。

「これは道長さま、このようなむさ苦しいところへご足労くださらなくとも、私から東三条殿へまいりましたものを」

晴明が丁重に出迎える声がする。

それほど驚いている様子でもないので、吉平が右大臣兼家の大邸宅である東三条殿へ行ったことは知っているのだろう。

「死穢《しえ》にふれてしまったが、吉平が特別念入りに祓ってくれたゆえ安心せよ」

道長の答えに、煌子ははっとした。

そうだ、今朝亡くなった院の女御は右大臣兼家の娘。

つまり、道長の姉なのだ。

「聞こえているとは思うが、道長さまがおみえだ」

塗籠の戸を少しだけあけて、吉平が伝えた。

今日、晴明が清涼殿で祓えをおこなっている間、吉平は院の女御が不審死をとげた東三条殿へ行ってきたのだという。

「道長さまが、煌子になら院の女御さまのことを話してもいいと仰せだ」

どうしてわたしなのよ、と、言いたいところだが、道長本人がそう希望しているのなら仕方がない。

「すぐに行きます」

ひととおり装束を着込むと、煌子は几帳ごしに道長に挨拶をした。白粉《おしろい》も口紅も塗らぬすっぴんだが、顔までは見えないだろう。

「道長さま、このたびは突然のことで、さぞお嘆きのことでしょう」

「おお、姫！　かたじけない」

道長はぱっと顔を輝かせた。

「実は院の女御さまのことは突然すぎて、まったく何がなにやら、まろにもわからぬのだ。みなは、院に取り憑いている元方の怨霊のしわざではないかと申しておるのだが……」

「さしつかえなければ、くわしい状況をお聞かせいただけますか？」

「うむ……」

道長はぽつりぽつりと話しはじめた。

二

「女御さまは、里さがりされていたので、昨夜は東三条殿で庚申待をすることになった。兄上たちと、まろと、女房たちも共に、和歌を詠んだり、碁や双六をしたり、にぎやかにすごしていたのだ。鶏が暁を告げる時分になって、女御さまは脇息によりかかり、そのまま寝入ってしまわれた。もう夜も明けたことだし、そのまま寝かせてさしあげても良いのでは、と、女房たちが申すので、そうしてもよかったのだが……」

道長は、ごくり、と、唾をのんだ。

「……和歌を一首お聞かせしたくて、女御に、おきてくださいませんか、と、お尋ねしたのだ。しかし、まったくお返事がない。ずいぶん熟睡されているのだなと思い、近くによって、もし、と、声をかけたが、どうも様子がおかしい。身体をゆさぶってみたら、つ、冷たくて……灯火を近づけてみたら……真っ青で……もう、亡くなられていたのだ……」

道長はぎゅっと両手を握る。

「父は、うろたえ、取り乱し、思いつく限りの僧侶を東三条殿へよび集め、蘇生を祈《き》禱《とう》させているのだが……」

道長は目を伏せて、首を左右にふった。

「誰にも気づかれることなく、静かに息をひきとられるなど、そのようなことが本当にまろの目の前でおこるとは……いまだに信じられぬ……」

「年をとった者であれば、そういうこともあるでしょうが……」

晴明は考え込むように、長い指をこめかみにあてた。

「晴明、これはみなの申す通り、元方の怨霊のしわざであろうか？　それとも呪詛であろうか？」

「呪物はございませんでしたか？」

「床下も井戸も探させたが、何も出てこなかった」

「吉平、おまえはどう思った？　東三条殿に、怨霊あるいは呪詛の気配は残っていなかったか？」

晴明は吉平に尋ねる。

「死因と関係があるのかどうかはわかりませんが、何か、腐敗臭のようなものがあたりにただよっておりました……」

吉平の言葉に、煌子はふと、思い出したことがあった。

「昨夜、内裏にあらわれた兼通の怨霊の口からも、腐敗臭がしました。もしかして、わたしが清涼殿から追い出した怨霊が、東三条殿へ行ったのかも……」

煌子は真っ青になる。

「わたしが怨霊をちゃんと退治しきれなかったせいで……？」

「姫、今、何と？　伯父上の怨霊が内裏に⁉」

超子の急死で混乱する東三条殿には、内裏の物の怪騒ぎは伝わっていなかったようだ。

「はい。その、大変申し上げにくいのですが、怨霊は、なぜ兼家を右大臣にした、と、帝に恨み言を申しておりました」

「ああ……」

道長は深いため息をつく。

「父上と伯父上は死の直前までひどく憎み合っていたが、まさか怨霊となって、姉上をとり殺すとは……血をわけた一族でありながら、なんと恐ろしきことであろう……」

「道長さま、まだそうと決まったわけではありません。どれもこれも推測です」

「そうだな」

晴明の冷静な言葉に、道長はうなずいた。

「そうだ、晴明、女御さまの死因を占ってもらえぬか？」

「占うのはかまいませんが、もしも病とでた場合、信じていただけますか？」

「都で一番の陰陽師と評判の高い晴明の占いを疑うはずもない……と言いたいところだが、正直、わからぬ……」

道長は泣き笑いをうかべる。

いつもはあっけらかんと明るい道長だが、さすがに今回はこたえているようだった。

三

道長の話を聞いていたため、煌子はすっかり夜になってから内裏にむかうことになった。

大内裏の門の外で牛車をおり、足早に承香殿へむかう。

雪あかりの中、白い息をはきながら承香殿にたどりつくと、尊子とともに、帝が煌子を待ちかまえていた。

「やっと参ったか、陰陽の君」

「えっ、あっ、はい」

「院の女御の死因について、陰陽寮からは、まだはっきりせぬからと、何も申してこぬのだが、そなたなら何か聞いておろう？」

「……はい」

陰陽寮が奏上《そうじょう》をためらっていることを、自分が帝に伝えてもいいのだろうか。

だが、この際、何でもいいから知りたいという思いにかられて、帝は煌子を待っていたはずだ。

意を決して、煌子は言った。

「清涼殿にあらわれた関白兼通さまの怨霊のしわざかもしれません」

「やはりそうか」

帝は立ち上がった。

「しかしわからぬ。なぜ今さら、兼通が怨霊となって内裏へあらわれたのだ。兼家の牛車が堀河殿の前を通り過ぎたことに激怒したのはわかる。しかしその直後、兼通は、瀕死の身体をおして参内し、自分の後任の関白を頼忠に定め、その上、兼家の職をとりあげてしまったのだ。これ以上はない仕返しをして、満足して死んでいったと聞いている。もう四年も前のことだ」

帝はイライラした様子で、御簾の内を歩きまわった。

「そうなのですか!?」

「ああ。てっきり極楽へ往生をとげたと思っていたのだが、その後、兼家が右大臣となり、娘の詮子が皇子を産んだことを、どうやって聞きつけたのであろう。不可解でならぬ」

牛車通り過ぎ事件はまずかったものの、職務上の失態をおかしたわけでもないのに解任された兼家を気の毒に思った関白頼忠が、一年後、右大臣にひきあげたのだ。

「……誰かが、兼通さまの魂を呼び返した、ということでしょうか」

「いったい誰が?」

「わかりませんが、おそらくは右大臣さまを恨む誰かの仕業かと……」

「右大臣を恨む者など、星の数ほどいる」

　帝は深々とため息をついた。

「思えば余は、十一歳で即位した時から、あの仲の悪い三人の伯父たちに振り回されてばかりだ。いや、これは聞かなかったことにしてくれ」

「何も聞いておりません」

「うむ。ではまた何かわかったら教えてくれ」

「はい」

「余も宮も、そなたを頼りにしているぞ、陰陽の君」

「……はい！」

　頼りにしている、と、帝に言われて、煌子の心臓は止まりそうになった。

　嬉しすぎる。

　帝はさわやかにうなずくと、冠の後ろの長い纓《えい》を優雅にひるがえして、清涼殿へ戻っていったのであった。

四

翌朝はやく。

前日からふり続く雪の中、陰陽寮で宿直をした晴明、吉昌とともに、煌子は牛車で邸に帰った。

ぬかるんでいた路面は夜の間にすっかり凍結し、牛車の乗り心地は最悪だ。

牛車の小窓から見ると、都じゅうの建物の屋根も、大路の両脇に並ぶ塀も、美しく咲いていた梅の花も、何もかも雪をかぶっている。

当然、人も牛車もとても少ない。

「兼通さまは兼家さまに仕返しをして、満足して極楽へ往生したはずだって帝は仰せなの」

煌子は舌をかまないように気をつけながら、帝の見解を二人に伝える。

「その話は有名だ。瀕死の兼通さまのあまりの形相と迫力におされて、帝もその除目《じもく》を受け入れるしかなかったとか」

「そう言われれば、なぜ今さら怨霊になってあらわれたのか、たしかに妙ですね。兼家さまが右大臣に任じられて、もう何年もたちます」

吉昌は首をかしげる。

「つまり、誰かが兼通さまの魂を呼び返した、と考えるのが自然でしょうか」

「反魂術《はんごんじゅつ》か」

晴明の言葉に、煌子はゾワリとした。

一年半前、兼通の娘である堀河中宮の魂を呼び返した者がいた。依頼したのは帝、そして反魂術をおこなったのは、道満だ。

「今回も道満でしょうか？」

おそるおそる煌子は尋ねた。

「まだわからぬ。反魂術ができる者は少ないが、道満にしか使えぬ術というわけでもない」

晴明の言葉に、煌子と吉昌はうなずく。

「とにかく兼通さまが生前、もっとも憎んでいたのは兼家さまだ。梅壺女御さまが里帰りしておられる今、怨霊がふたたび東三条殿にあらわれる可能性は高い。陰陽寮の者が交代で東三条殿に詰めた方がいいだろう」

「わかりました」

吉昌は表情をひきしめる。

「東三条殿……」

「どうした、煌子？」

「紅式部が、梅壺女御さまの里帰りについていってるはずなんだけど、大丈夫かしら。紅式部はすぐに憑依されちゃう体質だから心配だわ。わたしも東三条殿に一緒に行きたいところだけど、承香殿の宮さまも心配だから……。身体が二つあったらよかったのに」

「そうだな。煌子は宮さまをお守りしてくれ。そのかわり、東三条殿はわれわれが守る」

「お願いします」

煌子は心の底から友の無事を祈ったのであった。

五

じりじりとした緊張感とともに、半月がすぎた。

本来は二月に開催されるべき様々な祭礼も、内裏で穢れがあったことを理由に延期が決まったようだ。

その後、兼通の怨霊はあらわれていない。

ちょっとした火事や弱い怨霊の出現はあるのだが、煌子はもはやその程度のことでは驚かなくなった。

ほんの少しずつ日が長くなり、寒さもゆるんできている。

「どうやら今夜は月蝕を見られそうですね」

煌子が赤紫にそまる夕空をながめながら言うと、中納言の命婦があっけにとられた様子で煌子の顔を見た。

「陰陽の君は月蝕を見たいのですか？」

「はい。たまにしか見られない珍しい現象ですので、雲に邪魔されて月蝕を見損ねるとがっかりします。もっとも陰陽寮では、月蝕の様子を観測しつつ、儀式もおこなうので、大忙しのようですが」

「でも月蝕って、凶兆なのでしょう？」

丸顔の女房は檜扇で顔を隠しながら首をすくめた。

「月蝕というのは、おこるべくしておこる自然現象ですわ。具注暦《ぐちゆうれき》にもあらかじめ記入してありますでしょう？　万が一にも月蝕の予測がはずれたら、その方が陰陽寮としては大問題です。もちろんそんなことはありえませんけれど」

「まあ、葵《あおい》の君まで」

葵の君というのは、青姫の出仕名である。

最初、賀茂の君にされかけたのだが、さすがにあんまりなので、賀茂社の神紋にちなんで葵の君になったのだ。

「天変地異は、帝の政《まつりごと》に対する天からの警告という説もありますが、日蝕月蝕はまったく違います。どうぞご安心を」

「そういえば三月には日蝕もありますわね。月蝕より日蝕の方が珍しいので、観測のし甲斐があると兄が申しておりました」

「日蝕もあるのですか？　それは楽しみです」

楽しそうにしているのは青姫と煌子だけで、周囲の女房たちはみなあっけにとられている。

「天文博士の娘が二人そろうと、月蝕もなにやら面白いもののように思われるな」

急に御簾があがり、帝のすずやかな声がひびいたので、女房たちはみなあわてて下座へ移動した。

「久しぶりだね。ここのところ東宮の元服準備などで忙しくて、なかなかこちらに顔をだせないでいた」

帝が先ぶれもなく登場するのはいつものことだ。

煌子はだいぶ慣れてきたが、青姫はさすがに驚きをかくせない。

「まあ、帝」

尊子がおっとりとほほえんでむかえる。

「少し宮と話がしたくなったのだ」

帝のひと言に、はっとして、中納言の命婦が女房たちへ、さがるように合図した。

女房たちはみな、御簾の外へでる。

「帝が先ぶれもなく急に承香殿へお渡りになるから、びっくりするわ」

細面の女房が、丸顔の女房にささやいた。

「どうして夜御殿へお召しにならないのかしら？」

「だってほら、宮さまが入内されたばかりの頃は、麗景殿《れいけいでん》だったこともあって、渡殿に汚物をまきちらされたりひどかったじゃない？　さすがに清涼殿のすぐそばにある承香殿にうつしてくださってからは、滅多になくなったけど」

「なんとか夜御殿までたどり着けても、お皿を投げつけられたりしたら大変だし」

「ああ、亡き太皇太后さまが宣耀殿女御《せんようでんのにょうご》にお投げあそばしたっていうあれね」

女房たちのひそひそ話に、思わず煌子は聞き耳を立ててしまう。

「これ、そなたたち」

中納言の命婦にたしなめられて、みな、首をすくめ、口を閉ざしてしまった。

なにせ嫉妬深かったことで有名な太皇太后安子は、帝の母で、尊子の祖母なのである。

しかし、煌子が東豎子として内裏に出仕しはじめてからそろそろひと月がたつが、たしかに清涼殿内にある夜御殿へのお召しはない。

あとふたりの女御たちに気をつかっているのだろうか。

結局、承香殿へ来てしまえば同じことだと思うが、他にも事情があるのかもしれない。

などと煌子が考えをめぐらせていたら、はやくも帝が別れを告げる声が聞こえてきた。

「また近々来る」

「はい」

帝はいつものように、冠の後ろの長い纓を優雅にひるがえしながら、清涼殿へ戻って行く。

「本当に少しお話をなさっただけみたいね」

「これから月蝕ですもの」

女房たちは御簾の内へぞろぞろと戻った。

少し前まで、夕暮れになると中納言の命婦以外はみな、何かしら言い訳をしては内裏から退出していたものだが、庚申歌合の騒ぎ以来、煌子がいれば物の怪がでても祓ってくれるから安心だという認識が広がったようだ。

煌子たちが戻ると、尊子はぼんやりしたような表情をうかべていた。

「宮さま、帝とは何のお話をされたのですか？」

中納言の命婦が尋ねると、ようやく目をあげ、いつものようにおっとりと微笑む。

「そのうちわかるわ」

いつもの声だが、こころなしか睫《まつげ》にうれいの陰りがかかって見えた。

六

数日後。

丸顔の女房が息せき切って承香殿へかけこんできた。

「た、大変です！　帝が弘徽殿女御を中宮に立てることをお決めになったそうです」

その声に、承香殿は、しん、と静まり返った。

「弘徽殿女御？　皇子のいる梅壺女御ではなく？」

誰もが思った問いを、中納言の命婦が口にする。

「いいえ、弘徽殿女御です。内々に、帝から関白さまにお話があったとか。弘徽殿ではその話でもちきりです」

「……皇子を産んだ梅壺女御が中宮に選ばれるというのなら、まだ納得もできるが、弘徽殿女御とは……。ただ関白の娘というだけではないか。ご身分からいえば、二品《にほん》の内親王であらせられるうちの宮さまの方が、はるかに中宮にふさわしいのに！」

中納言の命婦が悔しそうに声を震わせた。

周囲の女房たちからも、「その通りですわ」「どうして弘徽殿女御さまなのでしょう」という不満の声があがる。

「命婦、落ち着いて」

尊子のおだやかな声に、命婦ははっとした。

「宮さまはご存じだったのですか？」

「先日、帝からうかがいました。帝がお決めになったことに異存はありません」

「宮さまがそう仰せになるのなら……」

命婦は悔しさをぐっとのみこんだ。

七

その夜遅く。

承香殿の縁側から、ようやくのぼってきた細い月を煌子がながめていると、コトリ、と、唐菓子をのせた高坏を置く音がした。

ごま油のおいしそうな匂いが、煌子の食欲を刺激する。

いつものように中納言の命婦だろう。

「ありがとうございます」

煌子がふりむくと、尊子と目があった。

「えっ、宮さま!?」

「命婦はね、とてもお酒に弱いの」

ふふふ、と、口もとを袖でかくして、おかしそうに笑う。

尊子のこんな表情を見るのは初めてかもしれない。

「だからふだんは滅多にお酒を口にしないのだけど、弘徽殿女御が中宮に決まったのがよほど悔しかったのでしょう」

　御簾の内を見ると、中納言の命婦が柱にもたれ、薄紅色の顔で寝入っていた。

「宮さまは中宮になりたいと思われないのですか？」

　言ってしまってから、失礼だったかもしれない、と、後悔したが、尊子は特に気を悪くした様子もなく、静かに目を伏せた。

「わたくしはああなりたい、こうなりたいと考えたことなどありません。賀茂斎院になれと言われて斎院になり、入内せよと言われて入内しました。中宮になれと言われたらなったでしょうし、内裏より去れと言われたら去ります。中納言の命婦は歯がゆいと思っているかもしれませんが、内親王は、帝のお決めになったことに逆らうことなどできないのですから」

　尊子は淡々と言う。

「そうですか……」

「そういえば、葵の君はもう参内しないの？」

「いえ、近々また来てくれると思います。私には本につられたなんて言ってましたけど、ああ見えて、とても責任感が強いし、頼りになるんですよ。それに正式な歌合にもでてみたいと思っているのではないでしょうか」

「そう」

尊子は口もとをほころばせる。

「最近、ふと思うことがあるの。もしもわたくしも陰陽師の娘であったなら、東豎子になったり、女房仕えをしたり、あるいは殿御と文をかわし、結婚をして婿をとったり、友と牛車に乗って物詣にでかけたり、五節の舞姫になったり、いろんなことができたのかもしれぬと」

「えっ!?　東豎子にご興味がおありですか!?」

煌子が驚いて尋ねると、尊子はにこりとうなずいた。

「そなたを見て興味がわいたわ」

「それは……もったいないお言葉をありがとうございます」

「内親王はね、帝がお決めになった相手と結婚するか、斎院斎宮となるか、仏門に入るかの三つしか生き方がないのよ。その三つすら自分では選べないのだけど」

尊子のふっくらした唇から、自嘲の言葉がこぼれおちる。

いつもおっとりとほほえむ美しい姫宮の、とてつもなく深い闇にふれてしまったような心地がして、煌子は凍りついた。

「それは……」

煌子はどう答えてよいかわからず、唇をかむ。

「でも関白や大臣の娘はもっと大変。入内して男皇子を産むことだけを一族から求められる。弘徽殿女御も梅壺女御もよく耐えていると思うわ。その点、わたくしはまだ気楽な立場かもしれないわね」

「宮さまは、ご親族から何も言われていないのですか？」

「ええ。若い叔父たちはまだようやく従四位下になったばかり。わたくしが皇子に恵まれたとしても、関白や右大臣とはりあえる立場ではないから」

「優しそうな叔父さまですものね」

煌子の脳裏に、一度だけ言葉をかわしたことのある、光昭少将の柔和な笑みがよみがえった。

「ええ、とても……」

月を見上げる尊子の唇から、白い息がもれる。

「あの、よかったら、この子をどうぞ……」

煌子が胸もとから菅公をだし、さしだす。

「菅公だったわね」

尊子はふわふわの背中と尻尾をなでて、笑みをこぼした。

第七話　日蝕

一

翌日、承香殿へ帝のお渡りがあった。

しかし表情がさえない。

「何かありましたか？」

尊子の問いに、帝は深々とため息をついた。

「今日も右大臣は出仕しておらぬ」

弘徽殿女御が次の中宮に内定したという噂は、あっという間に東三条殿にも伝わった。

梅壺女御は泣き伏し、右大臣兼家は激怒したらしい。

二人とも、皇子を産んだ梅壺女御が中宮に選ばれると確信していたのだ。

「だから立后は内々にはこぶように、と、関白にも蔵人頭にも伝えてあったのに」

「いつまでも立后を公表せぬわけにもまいりませんでしょう」

「まあ、そうなのだが」

尊子の言葉に、帝は苦笑した。

立后ともなれば大がかりな儀式をともなうため、それなりに準備は必要だし、右大臣に無断でおこなえるものではない。

右大臣が異議を唱えることは帝も予想していたが、まさか、梅壺女御と皇子を道連れに、東三条殿にたてこもるとまでは思っていなかった。

事実上の人質である。

自分も現職の右大臣でありながら、超子の喪中を言い訳にして、内裏への出仕を拒否しているのだ。

帝は右大臣に使者を送ったが、けんもほろろの対応だったという。

つまり、右大臣は帝を脅しているのだ。

「別に詮子より遵子を大事に思っているというわけではないのだ。むしろ余が五歳の時、太皇太后さまが妹宮を産んで亡くなられた時の悲しみをよく覚えているだけに、出産という難事をみごとに乗り切ってくれた詮子にはとても感謝している。ただ、詮子の父、兼家に、これ以上権力が集中するのを避けたかっただけで……」

ただでさえ兼家は、帝の母である安子の弟、つまり叔父である。

その上、娘の詮子が第一皇子を産んだことで、今や関白と左大臣をこえる権勢を誇りつつあったのだ。

しかし兼家を憎む者は多く、呪詛は頻発し、梅壺には怨霊が集まる。

即位してからずっと三人の伯父たちにふりまわされてきた帝としては、なるべくなら、関白、左大臣、右大臣の力関係は均衡であってほしい。

「それで弘徽殿女御を中宮に選ばれたのですか」

「それに、中宮争いが決着すれば、宮への嫌がらせもおさまるだろう、とも考えた」

「わたくしのため？」

「冷泉院におられる先の帝が、子がなくとも資子《すけこ》内親王を中宮に選ばれたように、余もそなたを中宮にたてようと考えたこともあった。関白家の娘と右大臣家の娘、どちらを選んでも、もめることがわかっていたからだ。しかしこれ以上、宮への嫌がらせがひどくなるのはしのびない」

「……ありがとうございます」

尊子の口もとがほころぶ。

「決して弘徽殿女御へのご寵愛が深いゆえではないという帝のお気持ちを、梅壺女御にはお話しになったのですか？」

「いや、院の女御のことがあり、急に東三条殿へさがったので、詮子とは話す機会がなかった。おそらく今から文を書いても、言い訳にしか聞こえぬであろう」

帝は苦笑いをうかべた。

「なかなか思うようにことは運ばぬものだな」

「わたくしで何かお役にたてることがあればよいのですが……」

「宮が笑っていてくれれば、それが何よりの慰めだ」

帝は尊子の頭を優しくなでてうなずくと、清涼殿へもどっていった。

二

その夜、尊子はひそかに煌子をよびよせた。

「陰陽の君、わたくしを東三条殿へ連れて行ってくれない？」

「右大臣さまのお邸へですか？」

煌子は驚いて聞き返した。

「梅壺女御と会って話がしたいのです」

「それは難しいかと……」

今、東三条殿はピリピリしている。

吉平と吉昌がずっと交代で、東三条殿に怨霊があらわれないか見張っていたのだが、弘徽殿女御が中宮に内定したという噂が流れて以来、陰陽寮の者たちの顔など見たくもない、どうせ立后のことを知っていたのであろう、と、右大臣に追い払われてしまったのだ。

実際、青姫の兄で現在の天文博士である賀茂光栄が、立后に良い日を選んで勘申するように命じられている。

そんなところへ尊子を連れて行くなどとんでもないし、梅壺女御も会ってくれないだろう。

「帝のお気持ちを伝えたいのです。なんとかならない？」

「ああ、それで東三条殿なのですか」

縁側にひかえていた煌子のところにも、帝の声は聞こえていた。なにせ妖狐の耳は特別優秀なのである。

「驚いた？」

「はい」

「実は自分でも驚いているの。わたくしがこんなことを言いだすなんて」

「まあ」

ふふふ、と、二人は小声で笑いあう。

「そうですね……ええと、文ではだめでしょうか？」

「直接話して、ようやくわかってもらえるかどうかという、微妙な話です。文ではとても伝わらないでしょう」

「それもそうですね……。ええと、あちらには友人がひとりいるので、相談してみます」

「頼みましたよ」

「は、はい」

尊子のほっそりした指で、きゅっと両手を握られ、煌子は緊張と驚きで心臓が止まりそうになったのだった。


翌朝、煌子が晴明の邸に戻ると、紅式部から文が届いていた。

やはり東三条殿で、尊子と詮子を引き合わせるのは難しいという。

かと言って、詮子を内裏へ連れて行くのはもっと難しい。

ばれたら右大臣が激怒するに決まっているからだ。

そこで、他の場所、たとえば尊子の里邸などではどうだろう、というのが紅式部の提案である。

「宮さま、先日の件ですが、なんとかなるかもしれません」

紅式部からの文を見せると、宮は目を輝かせた。

「ありがとう、陰陽の君。光昭少将ならきっとわたくしに協力してくれます。早速、里へさがる支度をさせるわ」

帝の妃たちが里邸へさがるのは意外と簡単だ。

そもそも病気や生理のたびに、内裏から退出せねばならないのである。

今は皇太后となっている先の帝の中宮などは、物の怪をおそれ、冷泉院にはほとんど参上しないので有名だ。

尊子も体調がすぐれないということにして、翌朝には里邸へさがることにした。

三

短期間とはいえ、妃宮が里邸へ戻る時には、身の周りの世話をする女房や女官たちも連れて行かねばならない。

さらに公卿たちもお伴するので、ただの里帰りでも、牛車をいくつも連ねての大行列となる。

この行列に、煌子も東豎子としてしたがうことにした。

本来、東豎子という役職は、帝の行幸に参列するものだ。

しかし今回は特別に許可を得て、尊子の警護のために、里邸へ同行させてもらうことにしたのである。

行列の出発前に、反閇を奉仕したのは、安倍晴明だ。

祭壇の近くに陰陽師たちがずらりと並んでいるが、その中には、吉平と吉昌の姿もある。

まずは晴明がよく通る声で朗々と祭文をよみあげ、禹歩《うほ》とよばれる特別な歩き方で、邪気を踏みかためていく。

「あれが反閇というものですか」

「何やらかわった動きをしておりますわね。舞のような……」

反閇をはじめて見た女房たちが、珍しそうに、ひそひそささやきあっている。

「先日の歌合のこともありますし、よからぬ物の怪などがあらわれぬよう、道中の無事を念入りに祈ると父が申しておりました」

御簾ごしに煌子が言う。

「それは心強いこと」

尊子と命婦がうなずき合う。

反閇が終わると、一行は牛車や馬、あるいは徒歩で移動を開始した。

男装した煌子が颯爽と馬にまたがり、牛車の後方につくと、ひときわ目をひく。

実はこの日にそなえて、ひそかに乗馬の特訓をしていたのだ。

「東豎子だ」

「あれが晴明の娘か」

「いつぞやの五節の舞姫だ。一段と美しくなったな」

見物の官人たちから賞賛の声があがる。

少しはなれた所から出発を見送る父と兄たちに煌子は目礼すると、油断なく周囲を見回しながら馬をすすめていった。

妖力をおさえているとはいえ、白狐姫の通行に気づかぬ妖怪はいない。

都じゅうの妖怪たちが、蜘蛛の子を散らすように逃げていく。

それでも時おり、不穏な気配がちろりと漂ってくることがある。

ほとんどは怨霊たちだ。

煌子が本気をだせば、大路を徘徊する怨霊たちを片っ端から退治していくこともできるが、今日のところは行列の進行優先なので、こちらに近づけぬように鋭い視線で怨霊を威圧するにとどめている。

「ん？」

どこかで遭遇したことのある気配に、煌子の鼻がピクリと反応した。

とてつもなく強い気配だ。

しかし煌子が気配のした方に目をやると、さっと逃げてしまった。

兼通の怨霊とも違ったようだが、何だろう。

煌子はあらためて、気をひきしめ直した。

四

光昭の邸は、東三条殿のような大邸宅ではなかったが、どことなく品の良いたたずまいで、庭の桜が咲きはじめていた。

もちろん、晴明の反閇によって、この邸もすでに清められている。

女房たちは牛車からおりると、慣れた様子で、それぞれの局にむかう。

尊子が寝殿の母屋に入ると、ほどなく、光昭が挨拶に参上した。

今日も纓を巻き上げ、両耳の上に緌をつけた武官用の冠に、矢を入れた平胡籙を背負っている。

それでも貴公子らしい優美さがまったく損なわれないのは、やわらかな物腰とはなやかな容貌、そして装束からほのかにただよう上品な薫りのせいだろう。

「宮さま、ご体調はいかがですか？」

「実は病ではないのです。いろいろあって疲れたので、しばらく内裏からさがらせていただくことにしました」

尊子は少しだけ肩をすくめ、どことなく甘えたような子供っぽい表情をみせた。

叔父の前では、少女に戻るのかもしれない。

「それはそれは。ゆっくり身体を休めていってください。もうすぐ桜も見頃をむかえますから」

「ありがとうございます」

口元がほころぶ。

「ところで」

尊子は表情をあらためた。

「少将にお願いがあります。梅壺女御と内々にお話ししたいことがあるので、こちらにお招きしてもかまわないかしら？」

「梅壺……というと、右大臣さまのご息女ですか」

光昭は、高貴な姪の頼みに、少しとまどったような顔をする。

右大臣が東三条殿にたてこもり、女御と皇子を人質として帝を脅していることは、貴族ならみな知っていることだ。

できれば関わりたくないはずである。

だが光昭はやわらかく微笑んだ。

「もちろんかまいませんよ。花見の宴などひらきましょうか？」

「いいえ、内々なので、仰々しいおもてなしはいりません。ああ、でも、甘い菓子はたくさんだしてさしあげて。疲れた身体を癒やすし、女房たちも喜びます」

光昭は一瞬、驚いたように目を見はり、それから、嬉しそうにほほえんだ。

「宮さまもすっかり大人になられましたね」

「もう十七歳ですもの」

尊子はいつものようにおっとりと、だが少しはにかんだような、可愛らしい笑みをうかべた。

翌日、ふたたび紅式部から晴明の邸へ返事が届いた。

煌子は大急ぎで文をひろげる。

「三月一日なら東三条殿をぬけだせるって書いてあるわ」

「三月一日は午前中、辰の刻から巳の刻にかけて日蝕があるけど大丈夫か？」

何も見ずに即答したのは吉昌だ。

「午後なら問題ないだろう」

吉平の助言に、煌子は首を横にふった。

「日蝕で都じゅうが大騒動になるはずだから、その時間帯ならこっそり抜けだしやすいって書いてあるわ」

晴明と二人の息子たちは渋い表情になる。

「別に構わないでしょう？　みんな日蝕は不吉だなんだって大騒ぎするけど、実のところ、ただの天文現象だし」

「そうは言っても、太陽が欠ける日蝕中は闇の力が強まるから、あまりおすすめはできないね」

晴明がやんわりと説得をこころみる。

「闇の力が強まると言っても、昼前に怨霊がでることはないでしょう」

「そう言い切れるのか？」

「もしまた兼通の怨霊がでても、わたし一人で追い払える自信があるから大丈夫よ。内裏で夜な夜な怨霊退治の経験をつんだから」

煌子は胸をはって答えたのであった。

五

三日後。

小ぶりの網代車が、光昭の邸をおとずれた。

牛車からおりたのは、梅壺女御である詮子と弟の道長、そして女房の紅式部だ。

詮子も道長も、わざと地味な装いをしている。

実は道長は招かれていないのだが、煌子がこちらにいると聞き、仲の良い姉に頼んで同行させてもらったのだ。

「どうぞこちらへ」

出迎えた光昭の案内で、詮子と道長は尊子の待つ寝殿へむかった。

詮子が廂へ入ると、密談の内容がもれぬように御簾がおろされ、さらに四尺の几帳がたてられる。

女房たちはすべてさがり、煌子と紅式部、そして光昭と道長も庭に面した縁側に控えた。

「よく来てくださいました」

御簾と几帳でへだてられ、しかも小声でかわされている会話が、煌子の耳にだけは聞こえる。

「内々の話があるとうかがいましたが、いったい何でしょう」

挨拶もそこそこに、詮子は切りだした。

詮子は今年で二十一歳になる。

がっちりとした体格の、いかにも気の強そうな女性だ。

だが清涼殿の兼通の怨霊、姉の突然死、弘徽殿女御である遵子の中宮内定と衝撃的な事柄が続き、さすがに憔悴《しょうすい》の色が隠せない。

もしこの先、中宮となった遵子が皇子をさずかったら、東宮に選ばれるのはその皇子かもしれない、と、ずっと不安にさいなまれていることだろう。

「帝のお気持ちを伝えにまいりました」

尊子が静かに言うと、詮子は無言で眉をひそめた。

「帝は、女御たちの中で、詮子さまを一番大切に思っておられます」

詮子の表情がかすかにゆがむ。

「ではなぜ、わたくしではなく、弘徽殿の遵子さまを中宮に選ばれたのです。おかしいではありませんか」

「これ以上、右大臣さまに権力が集中せぬように、というご配慮からだとうかがいました」

「そうですか」

詮子はむすっとした声で答える。

尊子の言うことなど信用できるものか、と、思っているようだ。

「特に、無事に親王さまを産んでくださったことは感謝にたえぬと」

「そのようなこと、わざわざ感謝してくださらなくても、入内した者であれば皆、女御でも更衣でも、男皇子をさずかりたいと願うに決まっております」

「そのようなことはありません」

「妃宮さまは違うのですか？」

「ええ。自分は母を出産で失っているから、この上、妃まで失いたくないと帝が仰せになったので、わたくしは、ではそのように、と、答えました。ゆえに、わたくしは一度も夜御殿に召されておりません」

帝の決めたことには逆らわない。

それが内親王としての生き方だから。

「い……一度も？」

尊子が帝と男女の関係ではないという告白に、詮子の声がうわずる。

御簾の外側で聞いていた煌子も、驚いて、声をあげそうになった。

帝は何度も承香殿に渡ってきた。

御帳《みちょう》のある寝所へ二人が入っていたこともある。

だがあれは、あくまで、内々の話をするためだったのか。

「でも詮子さまは、帝の思し召しに逆らわれたのですね」

「……わが母、時姫《ときひめ》はとても丈夫で、三人の男子と二人の女子を無事に産んでおります。ですからわたくしも、母にならって、たくさんの子を産んでみせます、と、お答えしました。なにより、わたくしが入内した時、まだ存命であった母がその証拠でしたわ」

「そのお答えが、とても嬉しかったそうです」

「……弘徽殿の遵子さまは……？」

「遵子さまがどうお答えになったのかはわかりません。でも、帝が詮子さまを愛しく思うお心に、一点の曇りもないはずです」

「……ありがとうございます」

詮子ははらはらと涙をこぼす。

遵子が中宮に選ばれたのはあくまで政治的な判断。

女性として詮子より遵子への愛がまさっているわけではない、と知り、ずいぶん救われたようだった。

「今は父の強い意向があって、内裏へ参ることができないのですけれど、わたくしの心は常に帝のおそばにあります」

「帝は何もかも察しておられます」

「ありがとうございます」

詮子は涙声で答えた。

「甘い菓子はいかが？」

尊子にすすめられ、詮子は、スン、と、鼻をならしてうなずく。

どうやら尊子の言葉が詮子に届いたようで、煌子はほっとした。

この密談が功を奏して、詮子と皇子がただちに内裏へ戻るというわけにもいかないだろうが、これ以上こじれるのは防げたかもしれない。

煌子の隣では、紅式部が不安げに空をながめていた。

「陽射しが少し弱くなってまいりましたわね。そろそろ始まるのかしら」

「ああ、そうですわね」

煌子も空を見上げる。

暦によると、今日は辰三刻より日蝕がはじまるはずだ。

今ごろは陰陽寮の天文台でも観測がはじまっているだろう。

「欠けているような、いないような……」

紅式部は顔を半分扇でかくし、まぶしそうに目を細めた。

日蝕が不吉で恐ろしいものだと思っているのなら見なければよいのだが、つい、こわいもの見たさで、太陽を確認してしまうのだ。

「太陽の前を月が横切るだけの、ただの天文現象です。別に恐れることはありませ
ん」

煌子は浮きたつ心をかくしきれず、つい、声がはずんでしまう。

「ひ、姫がそう仰せになるのであれば、まろは日蝕など恐れませぬぞ」

煌子に気に入られようとして、道長は胸をはった。

「あら、声がうわずっていますわよ、道長さま」

「それは姫のそば近くにいて、胸が高鳴っているからです」

道長は、コホン、と、咳払いをしてごまかす。

「風がこころもち冷たくなってまいりましたな」

さすがに近衛少将の光昭は悠然としている。

「そうですわね。冷たく、強く……？」

煌子は眉をひそめた。

「なにやら妙な風ですわね……」

紅式部も扇をにぎりしめて、煌子のそばににじりよった。

カラスたちが一斉に飛び立ち、腐臭がたちこめてきたのである。

（……におうぞ……伊尹の血と、兼家の血が……憎き者どもの血が……）

地の底から響き渡る声に、煌子と紅式部は腰をうかせた。

道長は煌子の背中に隠れる。

「誰ぞ!?」

光昭がさっと弓をとり、立ち上がる。

ずるり、ずるりと、いやな音をさせて、ボロボロの袍を身につけた者が門から入ってきた。

身の丈の倍近くもある長い裾をひきずっている。

だが、庚申待の夜、内裏にあらわれた半透明の怨霊ではない。

日蝕のさ中、光昭邸にあらわれたのは、すっかり腐りはて、大半が白骨と化した屍《しかばね》だったのである。

六

「な、なんじゃこれはっ!?」

煌子の背後で、悲鳴にも近い金切り声をあげたのは道長だった。

腰がぬけてしまい、縁側の簀子に尻をつけたまま、ずるずると後じさる。

（おまえは兼家の小せがれか……見苦しいところが父親そっくりだな……）

真っ黒な眼窩の屍が、道長をあざ笑った。

「どうしたの、道長!?」

道長の声に驚いた詮子が、御簾ごしに尋ねる。

「あ、姉上、お逃げください！　こちらへいらしてはなりませぬ！」

そう言われて、黙ってひきさがれる性格ではないのだろう。

御簾と柱の隙間から外の様子をうかがった詮子が、ヒッ、と、声をあげる。

「叔父上、鳥辺野《とりべの》よりさまよい出てこられたか……！」

光昭は弓をかまえると、屍にむかって、ビシッ、ビシッと弦を鳴らした。

鳴弦《めいげん》には邪気を祓う力があるとされているのだ。

しかし屍は動きを止めない。

（伊尹の息子か……わしにはそのようなものはきかぬぞ……）

「ならばこれでどうだ！」

光昭は腰にさげた細い劔《たち》を鞘《さや》から引き抜いた。

屍に駆けより、肋骨の間にズブリと突き刺す。

骨が二本折れ、腐った肉がバラバラと地面に落ちる。

しかし血がふきだすことはない。

(愚かな……わしはもう死んでいるのだ……心の臓を貫かれ、腸《はらわた》を引きずり出されたとて、痛くも何ともないわ……！)

フハハハハ、と、屍が高笑いすると、さらに腐臭がまきちらされる。

(それではおまえから、黄泉《よみ》へ連れて行くこととするか……)

屍は骨だけの右手を光昭の首に伸ばした。

光昭はとっさに後じさって逃れる。

「ひ、姫！　いつものように、あやつを追い払ってくだされ！」

道長が煌子の袖をつかんだ。

「そ、そうですわ！　このまえの天狗たちに比べたら、あんな動く死体ごとき、たいしたことありませんわよ!?」

紅式部も煌子を激励する。

だが、煌子は立ち上がれない。

「む……無理……。あの臭い、吐きそう……頭がガンガンする……」

煌子は両袖で鼻をおおい、うずくまった。

なまじっか嗅覚が優秀なので、屍がはなつ強烈な悪臭に耐えられないのだ。

内裏で夜な夜な多くの怨霊を退治した経験から、もし再び兼通の怨霊があらわれても対処できる自信があった。

だがまさか、屍が蘇ってくるとは、想像もしていなかったのだ。

「何をしているの！　それでもあなた、安倍晴明の娘なの!?」

西透渡殿《すきわたどの》を走ってきたのは青姫だった。

「悪鬼退散！」

青姫は兼通の屍にむかって、白米を投げつける。

散供《さんぐ》とよばれる、邪気を祓う呪術だ。

屍は動きを止め、青姫を見る。

だがそれは一瞬だけであった。

「屍よ疾く去れ！　喼々如律令！」

青姫は立て続けに白米を投げつけるが、屍はじわじわと寝殿にむかって近づいてくる。

「だめだわ、きかない……」

青姫は唇をかんだ。

「わ、わたくしも米をまいた方がいい!?」

紅式部がブルブル震えながら青姫に尋ねる。

「あなたは女御さまたちを逃がして!」

「わかったわ！　女御さま！　妃宮さまもお急ぎください！」

紅式部は御簾の内側にころがりこんでいった。

邸内の家人たちも異変に気づいたのだろう。あちらこちらから、悲鳴や、バタバタと逃げだす物音がする。

「……これが最後の米か……」

青姫は手の中にあるわずかばかりの白米を握りしめ、唇をかたくひきむすぶ。

その時、馬のいななきが寝殿まで聞こえてきた。

東中門から、晴明、吉平、吉昌が庭にかけこんできたのである。

「このひどい瘴気はなにごとだ!?」

「父上、あれを！」

吉平が屍を指さした。

「動く屍……!?」

晴明は一瞬ひるんだが、すぐに退魔の呪符をとりだし、地面にうちつけた。

「十二神将の名において安倍晴明が命ず！　悪鬼退散！　唸々如律令！」

指で印を結びながら呪文を唱えると、真っ白な光が晴明の身体をとりまき、四方にむかってほとばしった。

（うう……？）

屍の動きが止まる。

地面に足が縫いつけられたかのように、動けないでいる。

（そのほう、天文博士であったな……安倍晴明か……）

ほとんど肉の残らぬ頭蓋骨の口から声がもれた。

髷《まげ》がほどけ、頭蓋骨に長い髪がはりついている。

（関白にむかって、無礼であろう……）

話すたびに、歯がカチカチと鳴る。

「今頃は極楽浄土におられるはずの関白さまが、なぜこのような姿で現世《うつしよ》をさまよっておられるのでしょうか」

晴明が凜とした声で問いかけた。

（兼家だけは関白にしてなるものか……あやつへの怒りが、この身を蘇らせたのじゃ……）

シュゥゥゥ、と、屍から黒い瘴気がたちのぼる。

（死霊ではだめじゃ……霊体ではおまえの娘に勝てぬ……。だが、ある者がわしに手をかしてくれたのじゃ……）

「ある者」

晴明は眉根をよせた。

七

「大丈夫か!?　しっかりするんだ！」

晴明が屍を足止めしている間に、吉昌が縁側にかけあがり、煌子を助けおこした。

「兄様、なぜ……今日は日蝕の観測が……」

「日蝕は数年に一度、必ずおこるのだから、この先、何度でも観測できる」

「それは……」

その通りだけど、と、言おうとしたが、声がでない。

「姫は屍のはなつ悪臭にやられたようじゃ」

煌子にかわって、道長が説明した。

「悪臭!?」

「うう……」

真っ青な顔で煌子はうなずく。

吉昌は袍の袖の内側に手を入れると、中に着ている単をひっぱった。

簡単な仕立てなので、すぐに袖がやぶれてとれる。

「こんなものでもないよりはましだろう」

吉昌は袖を細長くたたむと、煌子の鼻と口をおおうようにして、頭の後ろで結んだ。

生地にしみついた墨の匂いに、煌子はほっとする。

「ありがとう、兄様。だいぶ楽になったわ……」

煌子はなんとか、顔をあげた。

「屍はどうなってるの？」

「父上が呪符で動きを封じているが、そう長くはもたないだろう」

そもそも呪符に死体を封じる力などない。

晴明が妖力でねじ伏せているのだ。

「屍に何がきくのかわからないけど、片っ端からためしてみるしかないわね」

どうやら邸の者たちはみな、寝殿から退避したようだ。

少々暴れても大丈夫だろう。

「青姫さま、米はまだある？」

「もうわずかしかないけど……」

「もらうわ」

煌子は青姫が握りしめていた白米を受け取った。

「いくわよ……！」

煌子はすっくと立ち上がり、右手に妖力を集中する。

晴明や光昭を巻き込まないよう、注意深く狙いをさだめる。

「ハッ！」

右手から白米とともに蒼白い狐火がほとばしり、兼通の屍を直撃した。

（ウ……ウウウ……ッ）

兼通の骨と腐肉に、数十粒の白米がくいこみ、ジュゥゥゥ、と、音をたてる。

高温で熱した小さな鉄の弾が体を焼いているような、激しい音と臭いだ。

（な、なんだ……これは……）

ピシピシと音をたて、骨にひびが入っていく。

「もう一度！」

煌子はさらに大きな狐火を屍にたたきこんだ。

バシッ！

雷鳴のような轟《とどろき》とともに骨が折れ、バラバラに砕けて地面に落ちた。

（グウァァァァッ……お、おのれ……！）

十以上に砕けたにもかかわらず、屍はまだうごめき、はいずりまわっている。

「えっ!?」

さすがに煌子も狼狽《ろうばい》をかくせない。

気丈な青姫も気絶して、倒れてしまった。

煌子はもう一度、狐火をたたきこんでみるが、やはり動きは止まらない。

「無駄だ。骨をいくら砕いたとて、一度死んだものを再び死なせることはできぬ」

黄泉の国よりひびくような低い声。

だが明らかに、兼通とは違う声だ。

「その声は……！」

晴明がさっと身構えて、周囲を見回した。

「久しぶりだな、晴明、そして白狐姫よ……」

いきなり庭に土煙がたったかと思うと、その中から、ボロボロの袈裟《けさ》をひっかけた男があらわれた。

ボサボサの長い髪に長いひげ、鋭い眼光に不敵な笑みをうかべている。

晴明の旧友でありながら、宿敵となった闇の陰陽師、道満だ。

「道満、やはりおまえか……！」

晴明の全身に緊張感がみなぎる。

道満がニヤリと笑い、懐から革袋をとりだした。

口をしばった紐をほどき、砕けた骨にどろりとした赤黒い液体をふりかける。

「関白さま、あなたが憎んでやまぬ兼家の娘の血ですぞ。ぞんぶんにすすられよ」

（おおお……！）

乾いた骨片は喜びにふるえるかのようにビチビチとはねまわり、赤黒い血を吸い込んでいった。

みるみるまに砕けた骨が結合し、一つの屍として蘇る。

「まさか、おまえが庚申待の夜に、院の女御さまを殺したの!?」

「おれは死体から血を抜いただけだ」

「では誰が女御さまを殺したの!?」

「さてな」

煌子の問いに、道満は顎をなでながらニヤニヤ笑う。

噂通り、冷泉院を憎む元方の物の怪なのか、それとも兼通なのか。

（なかなか良い血じゃ。気がきくな、道満）

兼通の屍はゆらりと立ち上がった。

「こいつ……肉が増えてないか……？」

吉平が気味悪そうに言う。

空っぽだったはずの二つの眼窩も、片方だけ眼球が復活している。

「関白さま、あそこにいる兼家の息子の柔らかき肉を喰らえば、あなた様は若々しき肉体で蘇ることができましょうぞ」

煌子の背後に隠れている道長を、道満は指さした。

（うむ、うむ、それは良い……）

屍はズルズルと道長にむかって進みはじめる。

「十二神将の名において安倍晴明が命ず！　悪鬼退散！　唸々如律令！」

晴明はふたたび、退魔の呪符を使った。

屍の動きは鈍ったものの、完全に止まりはしない。

血液を吸い込んだせいか、力が増しているようだ。

煙のようなどす黒い瘴気をまき散らしながら、道長にむかってじわじわ近づいてくる。

「さあ、道長、わしにその肉を喰わせよ……」

兼通は新しくはえてきた舌で、まだ白骨のままの自分の顎をなめた。

「お、おお、伯父上……なんと無体な……！」

道長はガクガクふるえながら、ぎゅっと煌子の背中にしがみついている。

中途半端に逃げるよりも、そこが一番安全だと知っているのだ。

しかし煌子にとっては、動きにくいことこの上ない。

背中の重みにひっくりかえりそうになりながらも、右手に妖力を集めて、再び青白い狐火を屍にうちこむ。

（グッ……！）

胸に直撃をうけ、肋骨も背骨も砕けちった屍は、まっぷたつに分かれてひっくりかえった。

しかし屍はビクビクと動くことをやめない。

それどころか、ふたたび結合し、一つの屍に戻ってしまう。

「だから無駄だと言っただろう」

道満がゲラゲラと高笑いをする。

ふたたび立ち上がった兼通は、さらに肉が増え、しかも両眼が入っていたのである。

八

「おのれ！」

煌子は意地になって、狐火を連射しようとした。

「よせ！」

煌子を止めたのは吉平だ。

「おまえがうちこんだ妖力すらも、こいつは吸収している！」

「吸収!?」

煌子は慌てて、自分の右手を左手で握りこんだ。

自分の最強の技である狐火がきかない。

これまでも狐火が通用しなかった敵はいた。

怨霊だ。

煌子は狐火と呪符を組み合わせることによって、苦手とする怨霊すらも撃退する力を手に入れた。

だが、自分の妖力を吸い取られるとあっては、うかつに手出しできない。

こんな屍ごとき、羽団扇さえあれば。

「ひ、姫、大丈夫か……!?」

しかも背中には道長がしがみついている。

「常闇！」

煌子は式神を大声でよんだ。

「よんだか？」

常闇は大きな黒い翼を広げ、檜皮ぶきの屋根の上からふわりと飛びおりてきた。

高欄《こうらん》とよばれる手すりの上に立つ。

「て、て、て、天狗！　いや、この天狗は見たことがある。姫の式神じゃな！　こ、怖くない、怖くなどないぞ」

ガクガク震えながらも、道長は自分をはげますように言う。

「その通り、おれは鞍馬の大天狗だ。だがおれは屍とは戦わないぞ。肉を喰われたり血を吸われたりするのは御免だ」

腕組みをして、煌子を見おろす。

道長のことは眼中にない。

「わかってる。常闇は道長さまを邸の外まで逃がしてさしあげて」

「なんだ、そんなことか」

「常闇でないとつとまらない役目よ」

「チッ、天狗使いの荒い姫だ」

常闇は少々ものたりなそうな様子だったが、道長を背後から抱え上げた。

「うわわわわっ」

常闇が空中にとびあがると、道長は手足をばたつかせる。

「道長さま、死にたくなければ動かないで！」

「うっ」

道長はピタッと手足をすくめ、動きを止めた。

あっという間に常闇は天高く舞い上がり、姿が見えなくなる。

「それから菅公！」

「わかってますよ」

菅公は煌子の胸元から抜けだすと、さっと駆けだした。

身体は小さいが、おそろしくすばしこい。

「よし、これで身軽になったわ。ではあらためて……」

煌子は全身の妖力を解放した。

髪が白銀に、瞳が金に変じる。

三角の耳は白い毛におおわれ、瞳孔は細長い縦長だ。

妖狐としての本来の姿である。

日蝕ですっかり弱まった陽光が、白銀の髪を照らす。

妖力をためこんだ右手に、大きな青白い火球がゆらめく。

「無駄だと言っておるのに、愚かな親娘《おやこ》よ」

「それはどうかしら」

煌子が大きな狐火を屍に向かってかまえた瞬間、晴明が三枚目の呪符を発動した。

「十二神将の名において安倍晴明が命じる！」

「ムッ!?」

道満が目をむく。

「すべての動きを封ず！　喼々如律令！」

晴明が呪符をたたきつけたのは道満だったのだ。

「クッ」

道満は呪符を強引にはがそうとして、右手に力を集中する。

だがその刹那、煌子の狐火が道満の背を直撃した。

バキッと骨が折れたような音がする。

「ガハッ！」

道満がよろけ、口から血を吐く。

呪符に気をとられ、煌子の標的が屍から自分に変更されたのに気づかなかったのだ。

だが倒れはしない。

「威力をましたな、姫」

道満はニヤリと笑って、口の端からたれる血を親指でぬぐった。

「今のは全力ではない。おまえの依頼人をきかねばならないからな」

「ほう？」

「おまえ自身が道長さまや梅壺女御さまを狙う理由はないだろう。誰が兼道の復活をおまえに依頼した？」

「聞いてどうする。姫がその者を始末するのか？」

「わたしは人は殺さない。帝に奏上する」

「つまらぬな」

「ではかわりにおまえを始末することとしよう。特別だぞ」

「それは光栄だな」

煌子と道満の視線が交錯する。

「青龍《せいりゆう》、朱雀《すざく》、白虎《びやつこ》、玄武《げんぶ》……」

煌子は両手に妖力をためはじめた。

「呪《しゆ》をのせるか。だが、関白さまを放っておいていいのかな？」

「む？」

「こっちだ！」

煌子が振り向くと、吉平は地面に倒れている光昭と屍の間に入って細剱をふりまわし、光昭を守ろうとしているところだった。

なんでも器用にこなす吉平だが、武術の心得だけはない。

「ハアッ！」

吉平が屍の肩に斬りつけるが、あっけなくはね返されてしまう。

光昭が飾りとしてさげていた細劔の刃先は、すでにボロボロである。

吉平が左手で印を結び、護身の呪文を唱えると、うっすらとした膜が身体を包む。

煌子は狐火を放とうとかまえるが、直前で思いとどまった。

妖力は屍に吸収されるのだ。

「常闇、まだなの!?」

煌子はいらだたしげに叫ぶ。

「そう急《せ》くな」

常闇が上空から急降下してきた。

九

さきほど道長をかかえて邸の外まで飛んだ常闇は、違う人間を抱えて戻ってきた。

「ひ、姫!? ここは!?」

いきなり光昭邸の庭におろされて、事情がわからず、きょろきょろと周囲を見回しているのは渡辺綱だ。

「綱？　鬼の刀だけでよかったのだが」

「こいつが刀を手放そうとしないから、仕方なくこうなった。重いし暴れるし大変だったぞ」

「ごめんごめん、後で干し棗をたっぷりはずむから。というわけで綱、大江山の鬼からもらった刀が入り用だ」

煌子は当然のように右手をだす。

「は……」

綱はしぶしぶ腰にはいた刀をさしだした。

そもそも酒呑童子を倒したのは煌子なのだから、断れない。

煌子はするりと鞘から刀をぬく。

日蝕の弱った陽射しのもと、刀身が鈍くかがやく。

「関白さま、今度こそ迷わず極楽浄土を目指されませ！」

煌子は刀をふりおろした。

まっぷたつに斬られてもなおうごめき続ける屍に、綱が破邪の矢を射込み、地面に縫い止める。

　さすが鬼の刀だ。

　二つに分かれた骨は、それぞれうごめいてはいても、再結合することはできない。

「よし、これでもう蘇れぬな」

　煌子は屍を見おろした。

「さて、待たせたな……あら？」

　煌子は周囲を見回す。

「道満なら父上の呪符をはがして逃げたぞ」

　煌子の疑問に答えたのは吉昌だ。

「えっ、逃がしたの!?」

「あの男を生かしたまま捕まえるなど不可能だろう。ましてや倒すなど、こちらが全滅覚悟でも難しい」

　晴明に断言されては反論できない。

「はい」

　煌子はおとなしく引き下がった。

「道満にこの屍の始末をつけさせたかったんだけど、どうしたものかしら。このままここに放っておくわけにはいかないわよね」

この邸の主人は地面に倒れたままだが、意見を聞くまでもない。

「焼いてみるか？　炎で浄化されるかもしれぬ」

「しかし結局、骨は残るぞ」

「いざとなったら鴨川《かもがわ》に流すしかないかもな」

「誰が鴨川まで持って行くのだ」

うーん、と、兄たちは眉をひそめる。

「ところで菅公は？」

「こちらに」

煌子によばれて、菅公は床下から顔をだした。

小さな口に、天狗の羽団扇をくわえている。

「羽団扇を取り返せたのね！」

「道満があらわれたら隙を見て奪い取れ、と、前々から言われてましたからね。晴明さまが呪符で道満の動きを封じた瞬間、懐からぬきとってやりましたよ。あやうく姫の狐火をくらうところでしたけど」

「俊敏な菅公ならやれると思ってたわ！」

羽団扇を受け取ると、煌子は菅公をぎゅっと抱きしめた。

「これよこれ！　よくやったわね！　焼き栗二十個奮発するわ！」

煌子は両手で羽団扇を握ると、頭上にふりあげる。

屍はまっぷたつにされ、地面に縫い止められたにもかかわらず、まだ意識はあるのか、なんとか逃れようとうごめいている。

「屍よ、地の果てまでとんでいくがいい！」

煌子が思いっきり羽団扇をふりおろすと、竜巻がまきおこり、土砂とともに屍を吹き飛ばしたのであった。


日蝕も終盤となり、少しずつ空の明るさがもどってくる。

邸の庭には、ちょっとした窪地ができていた。

煌子の竜巻が、屍とともに土砂を運んでいったのだ。

竜巻が通った場所だけ、庭木が折れ、塀《へい》も崩れている。

もちろん、近隣の邸にも被害がでているに違いない。

「しまった、久しぶりに使ったから、力加減を間違えたわ……」

煌子がうなだれると、自然に髪が黒くなり、尻尾が縮み、目も、耳も、人間にもどる。

「あっはっはっ、おかげで鴨川まで捨てに行く手間が省けたよ」

吉平が明るく笑いとばす。

「少将様、ご無事ですか？」

晴明の声に煌子はふりむいた。

光昭は地面に倒れこんだままだったのである。

最終話　いつの日にか、ともに

一

まる三日間、光昭は意識がもどらなかった。

「ずっと熱がさがらないのです」

家司《けいし》が晴明に様子を伝える。

もちろん薬師もよんだが、まったく原因がわからなかったという。

おそらく屍の瘴気にやられたのだろう。

念のため晴明は六壬式《りくじんちょく》盤《ばん》で占うが、やはり「物の怪」とでたため、祓えをおこなうことになった。

庭に祭壇をしつらえて、祭文を読み上げる。

邸と土地は当日のうちに反閇と散供をおこない、穢れを祓ったのだが、光昭の体内に瘴気がとりこまれていたようだ。

紙の人形に邪気をうつしとる。

「……う……？」

光昭はうっすらと目をあけた。

「……叔父上の化け物は……？　宮さまはご無事か？」

「はい。退治いたしました。みなさまご無事です」

晴明の言葉に、光昭は安堵の息をもらす。

「そうか、さすが都一の陰陽師と名高き安倍晴明だな。助かった」

光昭はゆっくりと上半身をおこした。

「これは……」

庭の惨状が目に入り、言葉を失う。

「申し訳ありません。いろいろと被害がでてしまいました」

晴明が謝るのと同時に、御簾の外にひかえていた煌子も、深々と平伏した。

原因は煌子の竜巻なのだ。

「いや、桜の木が無事でよかった」

光昭は少しやつれた頬に、笑みをうかべる。

咲きかけていた花の半分ほどは竜巻に飛ばされてしまったのだが、光昭はそのことは嘆かなかった。

「木さえ無事なら、来年また咲く」

衣擦れの音をさせながら、尊子が女房たちとともに渡ってきた。

「叔父上が意識を取り戻したそうですね」

いつもおっとりとほほえんでいる尊子が、泣きはらしたせいで、目も鼻も真っ赤になっている。

「ご心配おかけしました」

光昭が頭をさげる。

今日ばかりは冠ではなく烏帽子である。

「宮さまはこの三日間、ほとんど寝ずに、ずっと神仏に祈っておられたのですよ」

中納言の命婦も尊子につきあったので、目の下にくまができている。

「わたくしが内裏よりさがってこなければ、叔父上をこのような目にあわせることも、邸が壊れることもなかったのにと、悔やんでばかりでした」

「そんなこと仰せにならないでください。おかげで宮さまをお守りできたのですから。

それに、ほら」

　光昭は庭に目をやった。

「桜が無事でよかったと、今も話していたところです。あれは祖母のお気に入りの桜なのですよ」

「祖母というと、歌人の中務《なかつかさ》？」

「はい。十日ほど前に、祖母がこの邸でささやかな歌合をひらいたのですが、歌の題のひとつが桜でした」

「素敵。来年の歌合はぜひわたくしにもお知らせください。和歌がとても上手な者と知り合いましたの。あの保胤の姪ですのよ」

「ほう、それは楽しみですね」

　満開の桜。

　あたたかな陽光がふりそそぐ。

　あるいは月の下、静かに舞い落ちる花びら。

　澄んだ笛の音に、はなやかな琴の音。

　二人の目には、来年の桜が見えているようだった。

翌日の夜。

光昭の回復を見届けて、尊子は内裏へもどった。

今回も煌子は東豎子として馬に乗り、行列に参加する。

久しぶりの内裏に、女房たちもはなやいだ様子だ。

尊子が承香殿に入ると、煌子は御簾の外で両手をついて、深々と頭をさげた。

「それではわたくしはこれにて、内裏よりさがらせていただきます」

「陰陽の君……？」

尊子は首をかしげる。

「もう前の関白さまが変わりはてた姿で都にあらわれる心配はありません。また、弘徽殿女御さまが中宮として立たれることが正式に決まり、宮さまが呪詛でわずらわされることもないでしょう。どうぞお健やかに」

煌子は真っ直ぐに尊子を見ると、にこりと微笑んだ。

「そう、東豎子をやめてしまうのね」

「はい。ただの晴明の娘に戻ります」

「あなたが出仕してくれたのは、四十日ほどの間だったかしら？　いろいろ驚くことばかりだったけど、とても面白かったわ」

「わたしもです」

「でもときどきは内裏へ遊びに来て。葵の君とともに」

「もったいないお言葉、ありがとうございます」

中納言の命婦をはじめとする多くの女房たちからも別れを惜しむ言葉をもらいながら、煌子は承香殿より退出したのであった。

二

数日後の三月十一日に、関白藤原頼忠の娘、遵子が正式に中宮となった。

内裏では立后にかかわるさまざまな儀式が続き、陰陽寮も大忙しだが、煌子だけはもとのぐうたらな日常にもどっている。

ただ、東豎子だった頃の後遺症で、昼夜逆転生活がなかなかもどせないのだけは困ったものだ。

すっかり夜もふけて、そろそろ眠りにつこうとしている父をつかまえ、話し相手をさせたりする。

「ねえ、お父様。結局、道満の依頼主って誰だったのかしら。白状させそこねたけど……」

「ん？」

「結果的に見て、今、一番得をしているのは、関白頼忠さまよね？　右大臣家は庚申待の夜から立て続けにいろいろあって大変だったけど、その隙に、関白さまの娘の弘徽殿女御さまが中宮になられたんだもの」

「だからと言って、頼忠さまが道満に依頼したという証拠は何もない」

「わかってるわ。だからうちの外では、この話はしない」

「よろしい」

「でもどうにも、もやもやするのよ。次に道満を見つけたら、絶対に捕まえてやるわ」

「道満をか？　うちのかぐや姫は頼もしいな」

晴明は目を細めて煌子を見る。

「あともう一つ、わからなかったことがあるの。お父様とお兄様たち、わたしがよぶ前に、光昭少将のお邸にかけこんできたじゃない？　どうして屍におそわれてるってわかったの？」

「あれはお祖母様のおかげだ」

「信太森にいらっしゃる葛の葉お祖母様？」

「お祖母様がカラスの目を通して、私たちの様子を気にかけてくださっているということは、煌子も気づいているだろう？」

「ええ。そこのカラスたちでしょう？」

今も松の枝に二羽、並んでとまっている。

一羽が黒佑《くろすけ》で、もう一羽は新入りだ。

二羽とももう眠っているようだが。

「あのカラスが、陰陽寮まで、私たちをよびにきたのだ」

「そうだったの……！」

「お祖母様はいつも厳しいことばかり言っておられるが、結局、煌子が心配でしかたがないのだよ」

「……ありがとう、お祖母様！」

煌子が庭にむかって思いっきり声をはりあげると、驚いたカラスたちはあやうく、松の枝から転がり落ちるところであった。


翌日も煌子が昼すぎまで惰眠をむさぼっていたら、母の宣子に、「お客さまですよ」と、おこされた。

慌てて人間の姿に化け、小袿をはおってでる。

「えっ、青姫さま、じゃなくて、葵の君!?　出不精のあなたがどうしたの!?」

「失礼でしてよ」

青姫はツンとしてみせるが、すぐに表情をなごませた。

「まあいいわ。今日はあらためてあなたにお礼を言っておこうと思って。少将さまのお邸に屍がでた時、わたくし、不覚にも途中で気を失ってしまったのだけど、あなたが助けてくれたのでしょう?」

「あ、いえ、こちらこそ、あの時は青ひ……葵の君に助けていただいて」

「もう馨子《かおるこ》でいいわよ、わたくしも煌子さまとよばせていただくから」

「えっ、あの、ありがとう」

煌子が嬉しそうな笑顔で答えると、青姫は少し照れたように、咳払いをした。

「それと、中納言の命婦さまからの文に、陰陽の君の様子はいかがかって」

「いかがも何も、毎日邸でごろごろしてるわ」

「そのようね。髪に寝癖がついていましてよ」

「えっ!?」

煌子は慌てて両手で頭をなでつけた。

「それで、宮さまこそお元気なのかしら？」

「ええ。先日は、弟の東宮さまが承香殿にいらっしゃって、石清水臨時祭《いわしみずりんじさい》の様子を御簾の内から一緒にご覧になり、楽しいひとときをすごされたそうよ」

「お元気なのね。良かった」

「宮さまは最近、ずいぶん表情が明るくなられたって、命婦さまがとても喜んでいたわ」

「内親王はね、帝がお決めになった相手と結婚するか、斎院斎宮となるか、仏門に入るかの三つしか生き方がないのよ。その三つすら自分では選べないのだけど」と自嘲するように尊子が語ったことを煌子は思い出した。

もうあんな顔はしてほしくない。

「呪詛や嫌がらせはもうないのね？」

「ええ。今は落ち着いているみたい」

この先はすこやかに生きていかれることを、かげながら祈るばかりだ。

「梅壺女御さまはあいかわらず東三条殿から戻られないけど」

「紅式部もまだ東三条殿なのかしら？」

「ええ。そろそろまた、物詣にでかけようって言い出すのではないかしら」

ふふふ、と、二人は笑い合ったのであった。

三

二十日ほどがすぎた冷たい雨の夜。

「今夜は妖怪討伐に出かけられそうにないわね」

簾をあげて、煌子が雨をながめていると、庭先に、黒い袍をまとった若い公達があられた。

　この上品な薫りは、たしか。

「光昭少将さま？　どうなさったのです、こんな雨の中。父に内々のご用ですか？」

　驚いて煌子が声をかけると、光昭は悲しげにほほえんだ。

（陰陽の君、宮を頼みます……）

　それだけ言うと、すっと夜の闇に溶け込んでいった。

「今のは、生き霊……？」

　なんだか嫌な感じがする。

「常闇！」

　煌子は夜空にむかって、式神の大天狗をよんだ。

「光昭さまの様子を見てきて！　いえ、この目で確認したいから、少将さまのお邸までわたしを抱えて飛んでちょうだい！」

「さっきの男だったら、もう死んでいたぞ」

　常闇は肩をすくめた。

「あの若さで……なぜ!?　まだ三十にもなっていなかったはずよ。まさか、兼通の呪いが残っていたの!?」

「知らん」

常闇はにべもなく答える。

最後まで清らかな内親王の姪を心配して、浄土へ旅立っていったのか。

優しい人だった。


翌日、吉平から、尊子が急遽、里邸へさがったと聞いた。

叔父の喪に服するためだろう。

数日後の夜、母が仕立ててくれた鈍色《にびいろ》の喪服を着て、煌子も光昭邸へ弔問にでかけた。

思えば、面識のある人をなくしたのは煌子にとってははじめての経験で、悲しみと同時に、戸惑いが大きい。

東門で案内を請おうとした時、よく知る声が外まで聞こえてきた。

「宮さま、おやめください……!!」

ほとんど悲鳴に近いこの声は、中納言の命婦だ。

いったいなにが!?

考える暇もなく、身体が動いていた。

藤の花がゆれる庭をかけぬける。

声がきこえた寝殿には、鈍色の喪服をまとった、美しい尊子が立っていた。

右手に鋏《はさみ》を持ち、左手を長い黒髪にそえている。

「宮さま、なにを……!?」

かけつけた煌子の姿をみとめ、その瞳が一瞬、大きく見開かれる。

ふっくらした桜色の唇が、ふっとほほえみをうかべた瞬間。

ジャキッ。

鈍い音が響き、耳のあたりから一房、髪束がふわりと流れ落ちた。

「ああっ……!」

中納言の命婦が悲痛な声で嘆く。

そばにひかえていた他の女房たちも愕然としている。

「宮さま……?」

煌子だけが意味がわからず、立ちつくしている。

「剃髪《ていはつ》しました。出家します。もう、内裏には戻らないわ」

尊子は静かに宣言した。

「出家……？」

煌子は言葉の意味がのみこめず、目をしばたたいた。

出家、とは、仏門に入る、あの出家だろうか。

貴族たちは病が重い時、あるいは難産の時に、しばしば僧侶をよび、少しだけ髪を剃って、形ばかりの出家をする。

仏にすがって助かるためだ。

だが今はそういう状況ではない。

「宮さま、なんという早まったことを……！　いくら叔父上さまを亡くされ、おつらいからといって、帝のお許しも得ず出家だなどと……だれよりも美しい御髪《おぐし》なのに……」

中納言の命婦は、床に落ちた黒髪をひろい集めながら、はらはらと涙を流した。

「悲しまないで、命婦。わたくしは、うまれてはじめて、自分で、自分の生きる道をえらんだのだから」

尊子は清々しい表情をうかべている。

尊子のこんなすっきりした、満足げな表情を見るのは初めてで、煌子もとまどった。

激情にかられて、発作的に髪を落としたようには見えない。

考え抜いての出家なのだろうか。

「叔父上さまの供養をするために、仏門に入られるというのですか……？」

煌子はおずおずと尋ねた。

「ええ。亡き叔父上と、亡き母上のために。それから、わたくし自身が生きていくために」

「え？」

叔父と母を供養したいという志はわからないでもない。

だが、わたくし自身が生きていくために、とは、どういう意味だろう。

「前々から、わたくしは内裏にはむいていないと感じていました。関白の娘や右大臣の娘のように、命がけで皇子をもうける覚悟もなければ、中宮や国母として輝きたいという野心もない。ただ、内裏の片隅で、ひっそりと息をしているだけの存在。斎院であった頃は、寂しくても、自分は神に選ばれたのだから精一杯お仕えせねばと、子供ながらに使命感をもって生きていました。でも母上が亡くなり、わずか十歳で退下させられて、わたくしは空っぽになってしまった。斎院の役目をとかれたわたくしに、生きている価値などあるのだろうか。なんのために生きているのかわからない。入内せよと帝より仰せがあったので従いはしたものの、女房たちに嫌われぬよう、薄ら笑いをうかべているだけの空虚な日々……」

　尊子は長い睫を伏せる。

「それでも叔父上が、従四位下になれたのは宮のおかげ、と喜んでくれたので、こんなわたくしでも、内裏の片隅にいる意味はあるのだと自分に言い聞かせてきたわ……。摂政であった祖父が亡くなり、父帝も退位し、自分自身も斎院を退下して存在価値がまったくなくなった子供を、ただひとり、優しくむかえてくれた叔父上。その叔父上のために、嫌がらせも呪詛も我慢しよう……」

　誰よりも高貴で清らかな妃宮は、心の中で、そんなことを考えていたのか、と、煌子は息をのんだ。

「でも、内裏の片隅で息をしていただけのわたくしの前に、突然、そなたがあらわれたのです」

「え？」

「陰陽の君、そなたは自分が陰陽師安倍晴明の娘であることを誇り、喜びとし、呪詛にひるまず、全力で怨霊と戦い、しりぞける。なんとたくましく、あでやかな東豎子であろうか」

「わたしが？」

「梅壺の女房としてつかえるそなたの友も、歌人をめざす葵の君も、自分の生きる道をしっかりとさだめている。ひるがえって我が身はどうであろう。もしも内裏をはなれ、ちがう生き方をえらぶことが許されるとしたら、それはどんな生き方であろうと考えずにはいられなかった」

「宮さま……」

「そして、叔父上が突然亡くなられた。あんなにお元気であられたのに、人の生命の儚いこと……」

すーっと一筋、涙が頬をつたう。

「もはや内裏にいる理由はない……」

尊子は天をあおいで、まぶたを伏せる。

「ただぼんやりと内裏の隅で息をしていたら、生命はあっという間につきてしまうかもしれない。ならばわたくしは、母上と叔父上の供養をしながら、一度は斎院であった者として、都の人々の平安を仏に祈りたい」

尊子のふっくらとした唇が、笑みをきざむ。

「わたくしが生きる道は一つだけ。内裏をでて、仏門に入ります」

わずか十七歳の内親王がうかべる清々しい微笑みの前に、煌子も、命婦も、うなずくしかなかったのであった。

四

翌日、煌子はひと月ぶりに清涼殿へ参内した。

もう東豎子ではないので、唐衣をはおり、腰に裳をつけ、長袴をはいている。

「妃宮さまから文を預かってまいりました」

「これへ」

煌子が持参した文を蔵人頭が御簾の内側に差し入れると、帝は文に目を通し、小さく息をもらした。

「仏門に入り、心静かに、母と光昭少将を弔い、都の人々の平安を祈りたい、か」

明るい灯火のおかげで、御簾ごしでも、帝が文を強く握りしめるのが見える。

「尊子が自ら剃髪し、出家したということは、今朝はやく光昭の弟の義懐《よしちか》から聞いた。物の怪にとりつかれたと言う者もいるが……」

「物の怪ではありません。ご自分で決められたことです。宮さまをお守りするという約束がはたせず、まことに申し訳ございません」

煌子は頭をさげた。

帝はまわりの者たちをさがらせると、御簾の外にでる。

「尊子はどうしている？」

「今はもう落ち着いておられます」

「尊子はまだ若い。わずか十七だ。身近な者が突然亡くなって、一時的に取り乱しているだけではないのか？」

「そのようには見えませんでした。前々から内裏は自分にはあわないと感じておられたそうです」

「……たしかに、あの清らかな斎院の宮にとって、内裏は心ふさぐことばかりであったやもしれぬな……」

眉間にきざまれた深い皺に、拳をおしあてた。

「わかっている。祓っても、祓っても、内裏に巣喰う物の怪は湧き続ける。だが、余はここに居続けねばならぬ」

帝から苦しそうな声がもれる。

「母上も、父上も、兄上も、前の中宮であった媓子《てるこ》も、皇子を産んだ詮子も、そして今また尊子も、みな余をここに置き去りにしていなくなってしまう……」

たとえ親兄弟や妃たちがみな去ろうとも、帝だけは内裏に残らねばならないのだ。決して心の平安を手にいれることがかなわぬ寂しい場所に。

「主上……」

煌子はなぐさめの言葉をさがしたが、なにも思いつかず、口を閉ざすしかなかった。

「晴明の娘よ、そなたはずっと余のそばにいてくれるか?」

若き帝の眼差しがまっすぐに煌子の瞳を射ぬき、冷えきった右手が煌子の頬にふれる。

その瞬間、風がやみ、星がまたたきを止める。

煌子は大きく目を見開いた。

「……もちろんです」

煌子はうなずく。

「もちろんです。もったいないお言葉、光栄に存じます。我が家はつねに全力で主上のことをお守りします」

煌子は頬を紅潮させ、きらめく瞳で、力強く帝に宣言した。

「わがや……？」

帝はかすかに首をかしげる。

「はい。わが父、安倍晴明も、兄たちも、もちろんわたしもです」

煌子は両手で、帝の右手をぎゅっと握りこんだ。

「……うん。頼りにしているぞ」

帝は破顔したのであった。

五

くちなしの花が甘やかに匂う頃、都の東へむかう新品の牛車があった。

予想通り、東三条殿の重苦しい空気に耐えかねた紅式部が、ふたたび物詣を提案したのである。

「前回、いきなり奈良の長谷寺を目指したのは遠すぎたわね。まずは近い所からお詣りしましょう」

というわけで、今回の目的地は清水寺である。

「それで、紅式部は何を祈願するの？　息抜きの物詣とはいえ、せっかく清水寺まで行くのだから、何かしらお願いした方がいいんじゃない？　良縁とか健康とか」

煌子の問いを、紅式部はフフンと鼻先で笑った。

「わたくしは今年こそ、上臈《じょうろう》の女房への出世を祈願するつもりですわ」

「あいかわらず野心家ですわね」

青姫があきれ顔をする。

「わざわざ良縁を祈願しなくても、女房づとめをしていれば、素敵な公達との出会いがたくさんあるのでしょうしね」

黒姫がうっとりと言う。

「そういう青姫さまこそ、あいかわらず縁談を断り続けていらっしゃるようだけど、一生結婚なさらないおつもりなの？」

「みなさま誤解なさってるようですけど、わたくしは結婚にも恋にも前向きですのよ。もちろん清水の観音様には、良縁を祈願するつもりです」

「えっ、意外！」

帰ったら早速、吉昌に教えてやらなくては、と、煌子は思った。

「てっきり稀少な書物との良縁を祈願なさるのかと思っておりましたわ」

「まあ、それももちろん……」

コホン、と、青姫は咳払いをする。

「でもわたくしがこの先、歌人として成長するためにもっとも必要なのは、燃え上がるような恋なのです。こう……せつない恋の歌や、狂おしい恋の歌を詠むためにも、良縁が欠かせませんわ。今宵こそ、わたくしの心を熱くたぎらせるような、素晴らしい出会いがあるといいのですけれど」

「……何か違う気もするけど……」

「まあ、観音様におまかせするしか……」

「うちの兄には荷が重すぎるということはわかったわ……」

三人は苦笑いをうかべた。

「そういうあなたこそ、東豎子姿がまた評判になったそうですわね。うちの兄たちもずいぶん盛り上がってましたわ。結婚なさらないの？」

「うーん、うちの父をこえる素晴らしい人があらわれたら結婚するかもしれないけど」

「はあ？」

三人は目配せをしあった。

「でも今は、もっと陰陽道をきわめたいわ。光栄なことに、帝からもずっと側にいてくれって言われたのよ」

煌子の爆弾発言に、あとの三人は一斉に腰をうかした。

「帝から!?」

「それって、そういう意味じゃないと思うわよ！」

「そうかしら？」

「もう、あなたって人はっ!!」

紅式部が煌子の背中をペシペシとはたく。

「ふふふふふ」

煌子は明るく笑いとばす。

煌子は清水寺で、若くして亡くなった貴公子の冥福を祈るつもりだ。

いつも芳い薫りをさせている、優雅な武官だった。

あれからそろそろ四十九日がたつ。

「それで黒姫さまも良縁を祈願するのかしら？」

そもそも黒姫は長谷寺でも良縁を祈願するつもりだったのだ。

「実はわたくし、最近、文をくださる方ができて……」

黒姫はぽっと頬をそめた。

「えっ、もしかして、結婚の約束をなさったの!?」

「まだそこまでは……。でも、朴訥ながら、誠実なお人柄のあらわれた文をくださるので、一度、お話ししてみたいと思っているのです」

「どんな方!?　文官？　武官？　それとも学者？」

「位階は？　官職は？　親は？」

牛車の中はふたたび蜂の巣をつついたような大騒動である。

「長谷寺へお詣りする時に、護衛についてくれた渡辺綱さまです」

黒姫ははにかんだように小声で答える。

「えっ、あの天狗に襲われた時の物詣がきっかけで!?」

「長谷寺までたどりつけなかったのに良縁に恵まれるなんて、まさに観音様のおみちびきですわね。みんながこぞってお詣りしたがるはずですわ」

「そういえば綱なら、今日も護衛についているはずよ」

「まあ。後ろかしら？」

紅式部は顔を扇で隠して、簾をあげようとする。

「また変なものが見えたら困るからおよしになって」

青姫が紅式部を止めようとして手をのばす。

「そんなはずありませんわ。ああ、あそこに綱が見えますわね……あっ!!」

「な、なに!?　まさかまた天狗や鬼じゃないでしょうね!?」

思わず煌子は身構えた。

青姫も無言で懐から呪符をとりだす。

「……うちの若様」

「はあ?」

「煌子さま～!」

煌子が後方を見ると、はなやかな狩衣姿の道長が、馬に乗り、明るい笑顔で手をふっていた。

「え、ええと……」

「あらあら、良縁ですわよ」

青姫は、すっと呪符を懐に戻す。

「くされ縁かも……」

煌子が苦笑いで手をふりかえすと、三人はにぎやかに笑いころげた。

寺社への物詣なら、出家した宮さまもお誘いできるだろうか。

牛車に相乗りし、都の外の景色を楽しんだり、過ぎし日をなつかしんだりしながら。
心穏やかに、笑いながら出かけられたらいいと煌子は思うのだった。
いつの日にか、ともに。

（おわり）

あとがき

お久しぶりです、天野です。

はじめましての方もいらっしゃるでしょうか？

おかげさまで前作『晴明の娘　白狐姫、京の闇を祓う』が好評で、続編をだせることになりました。

お楽しみいただければ幸いです。


思いおこせば一年前。

前々から平安時代は面白そうだなと思ってはいたのですが、実は私の平安知識は陰陽師関連にかたよっていたので、この『京の闇を祓う』を書くにあたり、ほぼ一から勉強することになりました。

大量の資料本を読み、オンライン講座もたくさん受講。

平安沼にどっぷりはまりましたとも。

しかし平安の面白さや不思議さに開眼した一方で、かかった時間や財布へのダメージは現代ものの十倍をこえる大惨事です。ふぬう。

かくなる上はあと一冊は平安ものを書き、なんとか投資を回収せねばと思っていたので、続編を書けることになってほっとしました。が。

今年に入ってから次々と新しい資料本が刊行され、オンライン講座も増える一方です。

大河ドラマ効果おそるべし。

最新の研究がもりこまれた資料、でたら買うしかないですよね……。

面白そうな講座の募集があったら申し込んじゃいますよね……。

さらに東京キモノショーの十二単着装体験にまで……！

かくして平安に投資した時間と費用を回収するどころか、さらにつぎこんでしまいました。うーん、こんなはずでは。

まあ、楽しいので良しということにしておきます！

さて、前作『京の闇を祓う』では、煌子が生まれた夜から、最強の妖狐姫となるまでの二十年間を駆け足で描きましたが、今回は天元五年の正月あけから五月（西暦九八二年二月から六月）にかけての半年足らずの物語になります。

今回も安倍晴明を筆頭に、大半の登場人物には実在のモデルがいます。

この千年前に実在したモデルたちは、性格や容姿までは記録されていない（つまり設定したい放題）という人たちがほとんどなのですが、例外的にその美貌が書き残されている人もいます。

まずは冷泉天皇の皇女で、賀茂斎院をつとめた後、円融天皇に入内した尊子内親王。この方は『栄花物語』という平安時代に書かれた歴史物語に、とても美しい姫君だったと書かれています。

続いて尊子内親王の母方の祖父で、円融天皇の幼少期に摂政をつとめた藤原伊尹。

伊尹は天元五年の時点ではもう亡くなっているので、今回の作中では名前が出てくるだけですが、容姿がすぐれていた上に、和歌への造詣も深い、風流な貴公子だったそうです。

ただそのぶん妬まれることも多かったのか、同じく平安時代の歴史物語である『大鏡』には、伊尹が摂政に就任した後、短期間で病死したことにまつわる、ちょっとホラーなエピソードがいくつか紹介されています。

蔵人頭になれなかった藤原朝光が伊尹を恨み、祟り殺したのだ、とか、石棺から美しい尼僧のミイラがでてきたが一瞬にして消えてしまった。おそらくは伊尹が不幸にした女性たちの恨みであろう、などです。

これらは『大鏡』の作者が、話を面白くするために創作したエピソードですが、（尼僧のミイラはもちろん、伊尹と朝光が蔵人頭という官職を争ったという件も事実無根だそうです）気になる人はチェックしてみてくださいね。

どうもこの伊尹の家系は美男美女ぞろいだったようで、息子の挙賢《たかかた》と義孝《よしたか》はともに若く美しい貴公子たちでしたが、天延二年（九七四年）の疱瘡《ほうそう》大流行で同じ日に亡くなり、「朝には兄が、夕には弟が」という、疱瘡の恐ろしさを伝える有名な話となりました。

この二人の母違いの弟である光昭の容姿に関する記録は見つけられなかったのですが、そもそも近衛少将という官職についている時点で、美男子確定です。

というのも、近衛少将と近衛中将は、名門の出身で、かつ、容姿端麗な貴公子が選ばれる職務だったから。

そういえば拳賢と義孝も近衛少将をつとめていますね。

『大鏡』にはさらに、この伊尹、兼通、兼家の藤原三兄弟にまつわるトホホなエピソードが語られています。

今回の作中でも使わせてもらった、兼家の牛車が、兼通の邸宅の前を素通りし、大内裏へむかってしまった事件です。

これは兼通も仕返しするよねぇ、というわかりやすいエピソードですが、『栄花物語』にはこの牛車素通り事件は書かれていません。

そのかわり、「兼家は自分の娘の超子が産んだ先帝の皇子を擁立して政権を奪おうと画策しています」と兼通が円融天皇に事実無根の讒言《ざんげん》をふきこみ、大納言兼大将の職を剝奪することに成功したと書かれています。これまたトホホです。

まあ、『大鏡』も『栄花物語』も、ちょくちょく創作が入るので、牛車素通り事件も帝に讒言事件も、両方ともねつ造かもしれませんが。

とはいえ、兼家の妻の一人である藤原道綱母が書いた『蜻蛉《かげろう》日記』によると、兼家はしばしば道綱母の邸宅の前を牛車で素通りして他の女性のところへ通い、道綱母を激怒させていたようなので、かなり無神経な性格の人だったことはたしかです。

また、兼通の死の直前に、兼家が官職を剝奪、降格された史実もあり、間違いなく激しい不仲だったようです。

母方の叔父たちの壮絶な兄弟喧嘩に巻き込まれた円融天皇（当時まだ満十八歳）は、困り果てたことでしょうね……。


さて、歴史物語である『大鏡』『栄花物語』と違って、きっちり事実だけを記録してくれているのが、藤原実資の日記『小右記』です。

今回の『白狐姫、後宮に就職する』を書くにあたり、実資が、雨と雪はもちろん、日蝕と月蝕についても詳しく記録してくれていたのがとても参考になりました。

『小右記』は、ほとんど仕事の記録なので、『大鏡』のようなエンタメ性はまったくありません。

でも、仕事づけの多忙な実資（天元五年の官職は蔵人頭）が、しばしば室町に住んでいるお姉さんに会いに行っていたり（仲良しだったのかな）、とにかく火事が多かったり、「穢」や「河原に出て解除《げじょ》（お祓いのこと）」という記述が目につくのが興味深かったです。

現代の私たちから見ると、いろいろ大変だなぁという印象ですが、実資にとっては「いつものことなので別に」という感じだったのかもしれませんね。


さて、平安の話はこれくらいにして近況でも。

以前からキクボンで陰陽屋シリーズのオーディオブックが配信されていたのですが、このたびアマゾンのオーディブルでも配信がはじまりました。

どちらも内容は同じで、声優の松元惠さんが面白楽しく朗読してくださっています。キクボンとオーディブルでは料金体系が違うので、ライフスタイルにあう方で聴いていただければと思います。

私自身も先日、数年ぶりに新幹線で長旅をしたのですが、旅のお伴に聴くオーディオブックはなによりスマホ一台ですむ手軽さが快適でした。

あとは十二月一日に東京ビッグサイトで開催される文学フリマ東京に初参加することくらいでしょうか。

新刊を出せるかどうかはわかりませんが、お時間のある方は遊びにいらしてくださいませ。
その他のちょっとした仕事やゲーム、ドラマの話はX（@ＡｍａｎｏＳｙｏｋｏ）でつぶやいているので、フォローしていただければ幸いです。
あと、たまにですが猫のことと作品の裏話をｎｏｔｅにつづっています。こちらもぜひ。

それではみなさま、どうぞお元気で。

二〇二四年秋　天野頌子

参考資料

『安倍晴明　陰陽師たちの平安時代』繁田信一／著　吉川弘文館／発行
『呪いの都　平安京　呪詛・呪術・陰陽師』繁田信一／著　吉川弘文館／発行
『平安貴族と陰陽師　安倍晴明の歴史民俗学』繁田信一／著　吉川弘文館／発行
『知るほど不思議な平安時代（上・下）』繁田信一／著　教育評論社／発行
『新陰陽道叢書　第一巻　古代』細井浩志／編　名著出版／発行
『新陰陽道叢書　第五巻　特論』林淳／編　名著出版／発行
『陰陽師の解剖図鑑』川合章子／著　エクスナレッジ／発行
『ＴＪＭＯＯＫ　ビジュアルでわかる！図解陰陽師入門』小和田泰経／監修　宝島社／発行
『紫式部と清少納言が語る平安女子のくらし』鳥居本幸代／著　春秋社／発行
『王朝生活の基礎知識　古典のなかの女性たち』川村裕子／著　角川選書
『はじめての王朝文化辞典』川村裕子／著　早川圭子／絵　角川ソフィア文庫
『平安女子の楽しい！生活』川村裕子／著　岩波ジュニア新書
『平安男子の元気な！生活』川村裕子／著　岩波ジュニア新書
『平安のステキな！女性作家たち』川村裕子／著　岩波ジュニア新書
『図説　王朝生活が見えてくる！　枕草子』川村裕子／監修　青春新書インテリジェンス

『誰も書かなかった　清少納言と平安貴族の謎』川村裕子／監修　斎藤菜穂子・大津直子・内野信子・中村成里・渡辺開紀／著　中経の文庫
『装いの王朝文化』川村裕子／著　角川選書
『別冊太陽　日本のこころ312　源氏物語の色と装束』清水好子、吉岡常雄／監修　平凡社／発行
『日本の装束　解剖図鑑』八條忠基／著　エクスナレッジ／発行
『写真でみる　紫式部の有職装束図鑑』仙石宗久／著　創元社／発行
『図解　日本の装束』池上良太／著　新紀元社／発行
『重ね色目―曇花院殿装束抄より―』高倉永満／著　高倉文化研究所／発行
『地図でスッと頭に入る平安時代』繁田信一／監修　昭文社／発行
『殴り合う貴族たち』繁田信一／著　文春学藝ライブラリー
『下級貴族たちの王朝時代　「新猿楽記」に見るさまざまな生き方』繁田信一／著　新典社選書
『平安貴族　嫉妬と寵愛の作法』繁田信一／監修　G.B.／発行
『源氏物語を楽しむための王朝貴族入門』繁田信一／著　吉川弘文館／発行
『庶民たちの平安京』繁田信一／著　角川選書
『平安貴族の仕事と昇進　どこまで出世できるのか』井上幸治／著　吉川弘文館／発行

『平安京の下級官人』倉本一宏／著　講談社現代新書
『牛車で行こう！　平安貴族と乗り物文化』京樂真帆子／著　吉川弘文館／発行
『古典がおいしい！　平安時代のスイーツ』前川佳代、宍戸香美／著　かもがわ出版／発行
『賀茂保憲女　紫式部の先達』天野紀代子／著　新典社選書
『日記で読む日本史6　紫式部日記を読み解く　源氏物語の作者が見た宮廷社会』池田節子／著　倉本一宏／監修　臨川書店／発行
『紫式部　女房たちの宮廷生活』福家俊幸／著　平凡社新書
『藤原道長「御堂関白記」を読む』倉本一宏／著　講談社選書メチエ
『藤原道長の日常生活』倉本一宏／著　講談社現代新書
『平安貴族とは何か　三つの日記で読む実像』倉本一宏／著　NHK出版新書
『現代語訳小右記1　三代の蔵人頭』倉本一宏／編　吉川弘文館／発行
『枕草子（上）』上坂信男／神作光一／湯本なぎさ／鈴木美弥／著　講談社学術文庫
『新編日本古典文学全集（31）栄花物語（1）』山中裕、秋山虔、池田尚隆、福長進／校注・訳　小学館／発行
『新編日本古典文学全集（34）大鏡』橘健二、加藤静子／校注・訳　小学館／発行
『新編国歌大観　第三巻　私家集編Ⅰ　歌集』『新編国歌大観』編集委員会／著　角川学芸出版／発行

『新編国歌大観　第五巻　歌合編、歌学書・物語・日記等収録歌編　歌集』「新編国歌大観」編集委員会／著　角川学芸出版／発行
『女たちの平安宮廷　「栄花物語」によむ権力と性』木村朗子／著　講談社選書メチエ
『源氏物語　解剖図鑑』佐藤晃子／著　エクスナレッジ／発行
『上賀茂神社へのいざない』田中安比呂／企画・編者　山代印刷株式会社出版部／発行
『日本の女性名　歴史的展望』角田文衛／著　国書刊行会／発行
『光と闇と色のことば辞典』山口謠司／著　エクスナレッジ／発行
『365日にっぽんのいろ図鑑』暦生活　高月美樹／著　玄光社／発行
『建築知識　二〇二二年八月号　縄文から江戸時代まで　日本の家と町並み詳説絵巻』エクスナレッジ／発行
図録『陰陽師とは何者か　―うらない、まじない、こよみをつくる―』国立歴史民俗博物館／編　小さ子社／発行
図録『王朝装束にみる華麗な日本の美　衣紋道　高倉家秘蔵展』多摩市文化振興財団／発行
図録『源氏物語　よみがえった女房装束の美』丸紅ギャラリー　丸紅／発行

「陰陽師の誕生」細井浩志／著　『第117回歴博フォーラム　陰陽師と暦』国立歴史民俗博物館／編集発行
「平安前中期における陰陽道の変容について」向原雅子／著　『黎明館調査研究報告』（二〇二〇年）
「『賀茂保憲女集』研究　―縁者の伝記小考―」小塩豊美／著　『日本文学研究　36巻』梅光学院大学日本文学会／発行
「平安中期における在家者の仏教思想　―慶滋保胤を中心として―」工藤美和子／著　『仏教学会紀要　一一号』
『陰陽道閑話〜陰陽道は何処から来て、何処へ行くのか』『陰陽道閑話〜【番外編】　安倍晴明』kinosy／著　https://note.com/kinosy/m/me419f2b55d77

本書は、書き下ろしです。
またフィクションであり、実在の人物とは関係ありません。

晴《せい》明《めい》の娘《むすめ》
白狐姫《しろぎつねひめ》、後宮《こうきゅう》に就職《しゅうしょく》する
天野《あまの》頌子《しょうこ》

2024年11月5日初版発行

発行者……加藤裕樹
発行所……株式会社ポプラ社
〒141-8210 東京都品川区西五反田3-5-8
JR目黒MARCビル12階

フォーマットデザイン　荻窪裕司(design clopper)
組版・校閲　株式会社鷗来堂
印刷・製本　中央精版印刷株式会社

ポプラ文庫ピュアフル

ホームページ　www.poplar.co.jp

N.D.C.913/286p/15cm
ISBN978-4-591-18383-0
P8111388